獣医

Sara & Ryoya

有允ひろみ

Hiromi Yuuin

EB

エタニティ文庫

目次

野獣な獣医　5

書き下ろし番外編
「野獣な獣医」は終わらない　321

野獣な獣医

「『慎重に選考を重ねました結果、まことに残念ながら今回は採用を見送らせていただくことになりました』……か……」

不採用の通知メールをもらうのは、これで何回目になるだろうか。大学の学生寮に住む小向沙良（こむかいさら）は、入り口の靴箱の前でため息をついた。自室に入り、ワンルームの照明を点（つ）けてリクルートスーツから普段着に着替える。

「あ～！　どこでもいいから就職した～い！」

あと十日もせずに、三月が終わる。敷地内にある桜は、もう花開く時期を迎えていた。

予定では、もうとっくにここを出て、新社会人として新しい一歩を踏み出す準備をしていたはずなのに。

「どうしてこんなふうになっちゃったかな……」

すでに、どうしても生活に必要なもの以外は段ボールに詰め、部屋の隅（すみ）に積んである。

それなのに、その行き先はいまだに決まっていない。このままでは、大学卒業と同時に無職の上に宿なしになってしまう。

現在大学四年生の沙良は、去年の終わりごろ、都内事務機器メーカーから内定をもらった。

しかし二月になってすぐに人事部から連絡が入り「会社が倒産する」と告げられてしまったのだ。

まさに青天(せいてん)の霹靂(へきれき)。

沙良はその日から再度リクルートスーツを引っ張り出し、就活を再開するはめになった。

しかし、いくら努力しても「採用」の二文字をもらえない。なんといっても、もう二月だ。すでに企業の新卒枠は埋まっている。そんなわけで、二度目の就活は空振りが続いていた。

「やっぱり面接がネックなんだろうなぁ……」

沙良は昔から、小心者の上に結構な人見知りだった。ビビリだし、おまけにあがり症でもある。

そんな沙良だが、人と話すときはなるべく目を見て話すように心がけてはいた。最悪視線をそらしても、顔はそむけないようにする、と。

それは、沙良が自分なりに決めたルールだった。

自分の弱い性格から逃げることなく、正面から向き合い、少しずつでもいいから改善していきたい――。そう思って頑張ってきた。しかし、そんな努力も空しく、今のところまったく効果は出ていない。むしろこのルールのせいで、余計緊張するという悪循環に陥っている気さえする。

当然、就活をする上でもっとも苦手なのは面接だ。

あらゆるおまじないを試しても、なんの効果も得られない。面接の回数だけは重ねているけれど、慣れることなく毎回同じように緊張する。

「あ～あ……。あのときはラッキーだったもんなぁ……」

倒産したとはいえ、内定をもらったのは割と名の知れた会社だった。そこから採用の通知をゲットできたのは、面接担当の人事部長がどことなく実家にいるヤギに似ていたおかげだった。

沙良の実家は、父方の祖父の代から小さな牧場を営んでいる。そのため、牛や馬などの家畜には、生まれたときから慣れ親しんでいるのだ。

（あの面接官は、ヤギ……。ヤギだから緊張しなくてもいい……）

沙良は全神経を面接官の顔に集中させ、彼をヤギだと思い込んだ。

それが功を奏したのか、沙良は比較的落ち着いた受け答えをすることに成功し、無事内定をもらえたというわけだった。

それなのに状況は一変し、いまや就職浪人を目前にした崖っぷち状態だ。

沙良の内定取り消しを知った両親は、なにを思ったのか突然見合い写真を送りつけてきた。

大学卒業して、すぐに見合い結婚!?

冗談じゃない！　まだまともな恋愛ひとつしたことがないのに、見合いで結婚なんてあまりにも夢がなさすぎる。

「必ず就職先を見つけるから、お見合いだけは勘弁して！」

そう言い張ることで、どうにかお見合いそのものは回避できた。しかし現実は厳しく、いまだ受け入れてくれる会社が見つからない。このままでは両親の希望通り、一度実家に帰らざるを得なくなってしまう。帰郷すれば、たぶん二度と都会には戻れないだろう。

「ぜったい帰らない。せめてあと五年……。ううん、三年でもいい。そしてできれば、素敵な恋愛なんかもしてみたい……」

沙良は大学進学を機に地元である北関東を離れ、東京で一人暮らしをはじめた。

だが、東京に出てからも、ずっと寮生活だ。彼氏と同棲、なんて展開にはまったくなっていない。

いや、同棲どころか、彼氏すらできたことがない。なにしろ、二十二歳になった今でも、なぜか年相応の色気というものがないのだ。友人からフェロモンがないと言われていたが、きっとそれは正解なのだろう。

そのうえ、実は初対面の男性が苦手で、ついつい避けるように生活してしまう。

だが、親にお見合いを勧められると、さすがにこのままではまずいのではないかと思えてくる。

「はぁ……。就活も恋もうまくいかないなぁ。ここ、月末には退去しなきゃいけないのに……」

このままだと職なし宿なしプラス彼氏なし、という悲惨な状況に陥ってしまう。

「それだけは絶対にダメ。だって私には大事なリクちゃんがいるもの」

沙良は窓際に置かれたガラスケージを見た。そこには、甲羅の長さが二十センチほどのヘルマンリクガメの「リクちゃん」がいる。

リクちゃんは、沙良が小学校五年生のときから飼っている大切な同居人で、今年の春で十二歳になる男の子だ。ドーム型の甲羅とつぶらな瞳がチャームポイントで、ペットというより、沙良にとってはもはや家族同然の存在だった。

「天気もいいし、気分転換にちょっと散歩でも行こうか」

沙良が話しかけると、リクちゃんは首を伸ばして歓迎の意を示した。

近所の河原には、カメが散歩するのに最適な草地がある。

沙良はいつものように散歩用のバスケットを用意し、ケージからリクちゃんを取り出した。バスケットの底は、丸く平らになっており、リクちゃんを入れるのにちょうどいい広さだ。なかにお気に入りのタオルを敷いていると、小さなくしゃみが聞こえてきた。

「あれ？　リクちゃん、風邪でも引いたの？」

近づいて顔を見ると、口の周りが少し濡れている。エサもあまり食べていない様子だ。これまでも何度か風邪を引いたことはあるけれど、これほど食欲が落ちたことはなかった。

口を開けたときになかを覗き見ると、なんだか少し腫れている。

明らかに普段とは違う。

にわかに不安になった沙良は、近所の動物病院に電話をした。そこは以前から定期健診でお世話になっているところで、爬虫類の専門医も常駐している。しかし今日は、肝心の専門医が急遽入院して不在だという。困った沙良は電話で対応してくれた女性スタッフに、カメを診てくれるおすすめの病院をたずねた。

『竹藪の藪に原っぱの原。そこ、開院してまだ二年ちょっとなんだけど、カメはもちろんエキゾチックアニマル全般を診てくれる、腕のいい獣医師がいるって評判なのよ』

エキゾチックアニマルとは、犬や猫以外のペットで、外国産の動物とか、珍しい動物の総称のようにも使われる表現だ。

「藪原アニマルクリニックですね？　わかりました。ありがとうございます」

通話を終えると、沙良はメモ書きしたクリニックの住所を確認した。そこは学生寮から十キロ弱離れた場所にあり、電車だとやたらと乗り換えが多い。リクちゃんの負担も考えると、行くならタクシーが一番速くて便利だ。

　クリニックに電話すると、すぐに連れてくるようにと言われた。基本的に午後は予約制らしいが、特別に診(み)てくれるそうだ。

「リクちゃん、待っててね。今すぐに病院に連れて行ってあげるから」

　沙良は急いでクローゼットを開け、棚の上の空缶に手を伸ばした。なかには、臨時の出費用に取り置いている現金が入っている。万札を取り出し、沙良はリクちゃんを連れて大通りまで走った。ちょうどやってきたタクシーを止め、ドライバーにクリニックの住所を言う。

　およそ十五分かけてクリニックに到着したときには、午後五時を少しすぎていた。

　降り立った先にある三階建ての建物には、英字プレートでクリニックの名前が書かれている。おしゃれな外観にちょっとばかり気後(きおく)れしながらも、入り口の自動ドアを通り抜けて受付に向かった。

「あの、先ほどお電話させていただいた小向ですが――」

「ああ、ヘルマンリクガメのリクちゃんですね。承(うけたまわ)っていますよ」

　受付の女性がにこやかに対応する。細身でショートヘアのその人は、五十歳くらいだろうか。化粧っけのない素肌美人で、なんとなく雰囲気が実家の母親に似ている。そのおかげで、いくらか気持ちが落ち着いた。

「はい、じゃあこれを書いてそちらで待っていてくださいね」

問診票のはさまったバインダーを受け取り、奥の待合室に向かった。建物のなかは白で統一されており、とても清潔感がある。

椅子に座り、ひとまずほっとしてリクちゃんが入ったバスケットのなかを覗いた。急な移動にもかかわらず、リクちゃんはお気に入りのタオルに包まってじっとしてくれている。

待合室には、三人の女性が、それぞれのペットを連れて座っていた。

沙良が顔を上げるなり、全員の視線が集まった。なかにはあからさまに睨んでくる人もいて、居心地が悪い。

（もしかして、私のせいで診療時間がズレ込んだりするのかな？）

申し訳なく思い、軽く会釈してみたけれど、見事にスルーされた。

三人は皆ばっちりメイクで、着ているものもおしゃれだ。連れている患畜も、それなりにお高い品種の犬や猫ばかり。沙良のように普段着で駆け込んできた者など、一人もいない様子だ。

（なんか怖い……。いつも行っている動物病院とはぜんぜん雰囲気が違う）

近所の動物病院は、初老の獣医師夫婦が経営する庶民的なところだ。やって来る飼い主も皆普段着で、おしゃれしてくる人など一人もいない。

「ふんっ」

問診票を書いていると、正面から鼻を鳴らす音が聞こえてきた。ちらりと目線だけ上げると、脚を組んだハイヒールの女性が、沙良をまっすぐに見ている。

（えっ？　もしかして私に対して？）

どうしてそんなことをされるのだろう。理由もわからないまま、沙良は肩を縮こまらせて下を向き、問診票の記載を続けた。

ほどなく問診票を書き終え、顔を上げる。待合室の奥にドアが三つ並んでいて、左から順に「A」「B」「C」の文字がはめ込まれているのが見えた。

そのまましばらく待っていると「A」のドアから受付とは別の女性スタッフが顔を出した。

「小向リクちゃん、なかにどうぞ」

招かれて入ると、白衣を着た男性が机の前に座っていた。後ろ姿の背中がとても広い。

これなら、大型の患畜（かんちく）でも難なく扱うことができるだろう――

そんなことを思いながら奥へ進み、椅子に座る。すると、書きものをしていた指が止まり、背もたれつきの椅子がぐるりと回った。

「ああ、こんにちは。はじめましての飼い主さんですね」

身体ごと振り向いた男性の顔を見て、沙良は思わず息を呑んだ。

彼は、モデルか映画俳優並みにかっこよかったのだ。

目鼻立ちは完璧に整っていて、浮かんでいる笑みもとてつもなく魅力的。

「こっ、こ、こんにちは。よろしくお願いします」

突然のイケメン登場に、出だしから躓(つまず)いてしまう。

（うわぁ、もう、ニワトリのモノマネじゃあるまいし――）

またやってしまった。

緊張するまいと心がけているのに、初対面の男性に対しては、だいたいこんな感じになる。やたらと緊張するし、それが相手にも伝わったような気がして、さらに萎縮(いしゅく)するのだ。

しかも、今回は特にその状態が激しい。目の前のイケメンがハイレベルすぎるせいだろう。

「はい、こちらこそよろしくお願いします。小向リクちゃん。和田山(わだやま)アニマル病院からのご紹介ですね。先ほど和田山先生から電話をいただきました。僕が責任を持って診(み)ますからご心配なく」

「はい……」

沙良はぺこりと頭を下げ、ぎこちなく顔を上げる。

白衣の胸元にあるネームプレートには「獣医師　藪原亮也」と文字が刻まれている。

（えっ……、ってことは、この人が院長先生なの？）

なぜか勝手に、老齢の男性獣医師を想像していた。思わず顔を見てしまう。すると、彼とばっちり目が合った。

その目力が、ハンパなくすごい。

瞳孔を囲む虹彩の色は、沙良がこれまで見たこともないほど印象的な茶褐色だった。

それだけでもすさまじいインパクトがある。

もしかして、先祖に外国の人がいたりするのだろうか。

いずれにせよ、これほどのイケメンを目の当たりにしたのははじめてのことだ。

（やだやだ～、聞いてないよ、こんなイケメンの先生だとか！）

心のなかで思いっきりビビる。

普段生活する上で、一人のときは極力男性を避ける傾向にある沙良だ。

病院や行きつけの美容院はもちろん、スーパーのレジに並ぶときでさえも、できるだけ女性を選んでいる。それなのに、いきなりこんなハイレベルの男性が目の前に現れてしまった。いったいどんな顔をすればいいのだろう。

そんな沙良の緊張をよそに、亮也が視線を合わせてにっこりと微笑んでくる。一気に頬が熱くなり、耳朶が痛いほど火照りだした。

目をそらそうとするのに、なぜかできない。

結果的に、しばらくの間じっと見つめ合う状態が続いた。ようやく、亮也のほうから目をそらしてくれ、沙良は解放される。

「ヘルマンリクガメを診るのは久しぶりだなぁ。結構人気なのに、ここではあまり見かけなくて。リクちゃんはペットショップで？」

「はい、そうです」

「最初からヘルマンリクガメ限定で探してたの？」

「いいえ、そうじゃなかったんですけど……」

「もしかして、その場でひと目惚れしたとか？」

「はい、そうなんです」

「なるほどね」

机に向き直った亮也と、そんな雑談を交わす。

イケメンな上に気さくな性格なんて、待合室に美女が並ぶはずだ。カルテにペンを走らせる亮也を見ながら、沙良はそっと頷く。

それにしても落ち着かない。

緊張をほぐそうと話しかけてくれているのはわかるが、イケメン度が高すぎて心臓に悪いのだ。正直目のやり場に困るし、できることなら今すぐに帰りたい。

「さて、と。では、診察しましょう」

再び顔を上げた亮也の視線が、しっかりと沙良を捕らえる。またしても目をそらせなくなり、二人の視線ががっちりとからみ合った。

なんだろう、この強いオーラは。

一瞬、捕食者に捕われた獲物のような気持ちになる。

なのに、なぜか感じるのは絶対的な恐怖ではなく、包み込まれるような安心感で――

「は～い、リクちゃん。じゃあ台の上に乗りましょうか～」

女性スタッフが、笑顔で二人の間に割って入った。そして、バスケットからリクちゃんを取り出して診察台の上に乗せる。

知らない場所に警戒しているのか、リクちゃんが首をもたげてあたりを見回した。

「よろしく、リクちゃん。ちょっと診させてもらうよ」

亮也はリクちゃんに顔を近づけ、丁寧に診察をはじめた。

彼の目に、一段と真剣な色が浮かぶ。

亮也に見つめられた途端、リクちゃんがぴたりと動きを止めて、亮也を見つめ返した。

亮也が口を開けると、リクちゃんも同じように口を開ける。口腔内を診察されている間も、リクちゃんはおとなしく口を開けたままじっとしていた。

一方、そばで見ている沙良は、いつの間にか口を半開きにして治療風景に見入っていた。

（なんだかすごい……。まるで催眠術にかかっているみたい）

「大丈夫よ～。うちの先生、カメの病気にも詳しいから」

沙良の驚いた様子に気づいたのか、女性スタッフが横に立って話しかけてきた。胸元には「看護師　中村（なかむら）」というネームプレートがついている。

「うちの息子もイシガメを飼っていてね。名前を『ガメラ』って言うんだけど、何度かここでお世話になっているのよ。カメって本当に可愛いわよね～」

間延びした中村の口調に、少しだけ緊張が解ける。そんな頃合を見計らったように、亮也が顔を上げて沙良のほうを見た。

「リクちゃんの食欲がなくなったのはいつからかな？」

低く響く優しい声。

いくぶん上目遣いになった彼の視線が、またしても沙良を射貫く。けれど口調が少し砕けた感じになったせいか、さっきよりも親しみを感じた。

「えっと……夕べは普通に食べていました。でも、さっき外出先から帰って見てみたら、あげたエサがちょっとしか減っていなくて……」

「エサはふだん、なにを主にあげてるの？」

「青菜全般で、特にモロヘイヤや小松菜とかが多いです」

「リクちゃんの好きなものは？」

「バナナとイチゴです。あ、あとプチトマトはコロコロして遊びながら食べるのが好きなので、あえて丸ごとあげています。それをスマホで録画して見せてあげると——、す、すみません。余計なことしゃべっちゃって……」

リクちゃんのこととなると、つい聞かれてもいないことまでしゃべってしまう。一度合コンでこれをやってドン引きされたことを思い出して、沙良は肩をすくめた。

「いや、関係なくはないよ。食欲がなくて少しだけでも食べてほしいときなんかは、好物をあげて様子をみたりするから」

「あ……はいっ……」

何気なくフォローされて、また少し、緊張が解けた。

（なんだろ……。なんだか変な感じ……）

彼は沙良に、今までにないほどの緊張を強いてくる。けれど同時に、不思議な吸引力も感じさせてくるのだ。

普段こんなに長い間、男性と目を合わせたことなんかないのに、沙良はさっきからずっと彼と見つめ合ったままだ。いまだ自分からは目をそらせなくて、やたらと瞬きを繰り返す。

頬の火照(ほて)りが首筋にまで下りるのを感じたとき、ようやく亮也の視線がリクちゃんに戻った。

リクちゃんは相変わらず口を開けたまま、身じろぎもしない。

「うーん、なるほど……。ちょっと疱疹(ほうしん)が出ているから、それが痛くてエサが食べられなくなっているんだろうな。症状からして、ヘルペスに間違いないかな」

カメとともに暮らすなかで、沙良も本を読んだりネットで調べたりして、ある程度の知識は得ている。ヘルペスは、重症化すると死に至る、カメにとって恐ろしい病気だ。

リクちゃんにもしものことがあったらどうしよう――

沙良はにわかに不安を覚え、唇を強く噛(か)んだ。ひざの上に置いた拳(こぶし)が小刻みに震える。

「大丈夫。まだ初期段階だし、じっくり治療すればちゃんと治るから安心していいよ」

沙良の表情に気づいたのか、亮也がにっこりと微笑みを浮かべた。彼の自信たっぷりな表情に、沙良はほっとしてため息を漏らす。

「そうですか。よかった……」

沙良にとってリクちゃんは、東京での暮らしを支えてくれた大切な相棒だ。だからこそ健康には特に気をつけていたつもりだったのに……

「あの……原因はなんだったんでしょうか」

「ヘルペスの一般的な要因としては、ストレスや栄養不良などによる免疫力(めんえきりょく)の低下、温度低下による体温調整不良が考えられる。だけど、リクちゃんはすごく大切にされている子みたいだから、原因はそのほかにあるかもね。どんなに用心していても、散歩してるときにいろいろともらってきたりするし」

亮也の話し方やその内容は、思いやりに満ちている。彼の存在自体には戸惑うが、獣医師としての対応はまったくのストレスフリーだ。

イケメンである上に、診療は丁寧。対応にも非の打ちどころがない。

「経過観察をしたいから、明日から毎日通院してもらえるかな？　たぶん、二週間くらい。それ以降は、様子を見ながら決めるってことで。午前中は予約なしで診られるけど、だいぶ混み合うと思う。中村さん、午後の予約状況はどう？」

亮也の問いに、中村が即答する。

「来週半ばまで予約がいっぱいですよ。時間外だと割高になるし、できれば昼間来たほうがいいと思うわ」

「そうか……。小向さんは学生かな？」

話しながら、亮也が立ち上がった。

「はい。でも、もう大学四年なので、じきにそうでなくなります」

動作の途中、またしても視線を捕らえられた。

診察台をはさんで向かい合った彼の身長は、ゆうに一八十センチを超えている。対する沙良は、一五六センチ。

だいぶ顔を上に向けないと視線が合わない。

目の前の亮也に圧倒されつつ、なんとか頭をめぐらせる。

どう考えても、昼間の通院を二週間続けるのはつらい。

沙良は絶賛就活中の身だ。明日も面接の予定が入っているし、先の予定が不確定なこの状況で、通院の時間を捻出するのはかなり難しい。

「もし忙しいようなら、入院でもかまわないよ。そうすれば二十四時間体制で診(み)てあげられるし」

亮也が言い、中村が追随(ついずい)する。

「そうそう、先生はここの三階にお住まいだし、監視カメラもあるから、ほんと安心。うちは比較的入院料も安いし、もしなんだったら分割払いもできるからね～」

評判も雰囲気もいいし、獣医師やスタッフにも信頼が置ける。費用面に多少不安はあるけれど、ここなら安心してリクちゃんを任せられそうだ。

（でも、リクちゃんが入院だなんて……）

上京して以来、沙良は一日たりともリクちゃんと離れたことがなかった。実家にいたときでさえ別々に寝たのは修学旅行などのやむをえないときのみ。

今までずっと同じ部屋で暮らし、常にお互いの存在を感じながら生活してきたのだ。

いくらこの病院が安心できるからといって、二週間も離れ離れになるなんて、正直言って耐えられそうもない。

しかし就職などで生活環境が変化する今、代理で通院を頼めるほど暇な友だちなどいるはずもなかった。

診察を終え、亮也の視線から解き放たれたリクちゃんが、のそのそと動きはじめた。診察台を横切り、手足をちょこちょこと動かして沙良のほうに近づいてくる。

首をもたげて沙良を見るつぶらな瞳。

懸命に歩く姿を見て、沙良はやはりリクちゃんと離れては暮らせないと再認識する。

(でも、どうしたらいい？　困った……、すっごく困る……)

ただでさえ忙しいのに、さらにやるべきことができてしまった。しかも、それぞれが優先順位一位で、放り出せない重要なものときている。

それに、三月中に学生寮を出なければならないのだ。本来ならもうとっくに出ていなければならないところを、学校側の厚意でギリギリまでいさせてもらっている。

就職が決まらなくても、とにかくどこか別に住むところを見つけなければならないことに変わりはない。

それができないとなると、いよいよ実家に帰らなければならなくなる。せっかく都会に出て自分だけの力で生活をしていこうと決めたのに……

無意識のうちに、かなり深刻な顔をしていたのだろう。ふと気がつけば、沙良を見る二人の顔に、気遣わしそうな表情が浮かんでいた。

「なにか困ったことがあるみたいだけど、もしよかったら聞かせてもらってもいいかな？　飼い主さんのメンタルをケアするのも獣医師の役割のひとつだ。場合によっては相談に乗れるかもしれないよ」

そばに寄ってきた中村も、沙良の背中に掌（てのひら）を添えた。

「そうそう。なにか事情があるなら話してみて～」

気がつけば、沙良は亮也にたずねられるままに現状を説明していた。

内定していた就職先が倒産したこと。二度目の就活が上手くいかない上に、あと十日もせずに住むところがなくなること。リクちゃんは心の支えであり、できれば離れて暮らしたくないこと、などなど……

話したところでどうにもならないとわかってはいる。けれど、言葉にしたことでいくらか気持ちの整理ができたような気がした。

こうなったら、入院をお願いするしかない。

高くないと言ってくれたけれど、長引けばそれなりの金額になるだろう。金額次第では、実家に連絡することになるかもしれない。

まずは短い期間で借りられる、マンスリーマンションのようなところを考えるべきか。

やるべきことが次々に頭に思い浮かんだ。正直胃が痛くなりそうだったが、弱音なんか吐いている暇はない。

（よし、頑張ろう！　絶対に頑張り抜いてみせるからね、リクちゃん！）

沙良が気持ちも新たに診察台を見ると、リクちゃんがなにか訴えるように亮也のほうに片手を伸ばしていた。

亮也はリクちゃんの前にかがみ込み、差し伸べられた手を指先で摘んだ。そしてリクちゃんと、小さく握手をする。

リクちゃんを見つめていた亮也が、ゆっくりとひとつ頷いた。

「――よし、わかった。じゃあ、ここからは獣医師としての立場をいったん離れて……」

亮也が沙良の正面の椅子に座り直す。

「こういうのはどうかな？　リクちゃんは入院してうちが預かる。小向さん、あなたはここに引越してきて、就活をしながら住み込みのお手伝いさんをする。仕事は僕の生活全般にかかわること、それとクリニックの雑用や、その他もろもろ――。無論、無理のない範囲でかまわないし、労働に見合った給料も支払う。ここのところなにかと忙しくて、以前からそういった人がいてくれたらいいなとは思っていたんだ」

「は、はいっ!?　私が、お手伝いさんを？」

「そう。そうすれば双方の問題が一気に解決する。ちょうど三階のひと部屋が空いているし、そこには来客用のベッドも置いてある。身一つで来てくれれば、すぐに生活ができるよ。どう？　悪い話じゃないと思うけどな」

確かに悪くはない。

むしろありがたすぎて信じられないくらいだ。

しかし、目の前のイケメン獣医師と同居というのはどうだろう。いくら仕事とはいえ、男性と同じ屋根の下で寝起きすることになるのだ。

（それって傍から見れば、同棲と同じじゃない？　いや、でも実際は違うけど……）

仮にそうするとして、両親にはなんて言おう？

期間限定のことだし、黙っていたほうが無駄に心配をかけなくてすむのでは……。だが、同じフロアというのはいかがなものか。しかし、これ以上いい解決方法があるとは思えない。

（だけどなぁ……。うーん、でも……）

あまりにも急展開すぎて、考えがまとまらない。

忙しく考えを巡らせる沙良の隣で、中村が言った。

「あら、いいじゃな～い？　先生ったら、男の一人暮らしで普段ろくなものを食べてないのよ。コンビニのお弁当とか、外食とか……。忙しいのはわかりますけど、もうちょっと食べることに興味を持たなきゃいけませんよ。小向さん、料理は得意かしら？」

「あっ、はい。一応ひととおりのことはできますけど……」

「まぁ！　じゃあ、ぜひともそうなさいよ～。先生、これからしばらくの間は、まともなものが食べられますね」

中村が両手をポンと合わせた。まるで話は決まったと言わんばかりの口ぶりと態度だ。

「あ、あの――」

「ほんと、よかったわ～。一石二鳥とは、まさにこのことよ。ねぇ、先生？」

戸惑う沙良をよそに、亮也と中村が頷き合う。

まだ承諾するとはひと言も言っていないのに、いつの間にか勝手に話が決まっていた。

家事やクリニックの手伝いをすることは問題ない。

道徳的に考えると首を傾げたくもなるが、こんなイケメンが沙良に興味を示す可能性はゼロだ。自分さえ気にしなければ、二人の関係は単なる雇い主と住み込みのお手伝いさんだ。

亮也と中村は、すでに日給の相場がいくらだのなんだのと話を進めている。

「――ってことで、一日一万円でどうかな。もちろん光熱費や食費はこっち持ち。なにかイレギュラーなことがあれば、その都度話し合って決めるってことで」

諸々の経費の負担なしで一日一万円なんて、願ってもない話ではないだろうか。

治療が終わるころには、その後の生活に必要な資金も貯まっているかもしれない。ここはもう割り切って考えたほうがいいだろう。そして、改めて就活を頑張るのだ。

「わかりました。やらせていただきます！」

覚悟を決めた沙良は、亮也のほうに向き直り頭を下げる。

「改めてどうぞよろしくお願いします。あとで履歴書も提出させていただきますので」

「こちらこそ、よろしく」

亮也が右手を差し伸べる。あわてて同じように手を出すと、大きな掌にすっぽりと包み込まれた。ごつごつとしているけれど、すごく温かい手だ。

きっとこの手で触られる患畜は、漏れなく亮也を信頼して身を任せる気になるのだろう。

「僕のほうの経歴は、クリニックのホームページに載っているよ。とりあえずリクちゃんのことは僕に任せて、小向さんは必要な準備をして。仕事はいつからはじめられそうかな？」

今夜からリクちゃんがここに入院するとなると、沙良も一緒にいたい。本格的な引越しはあとにして、ひとまず今日からここに住まわせてもらおう。

「今日から大丈夫です。一度寮に帰って、とりあえず必要なものを取ってきます。そのまま食材の買い出しをして、夕方にはここに戻ってこられると思います」

「そうか。じゃあ、気をつけて行っておいで。もし遅くなるようなら電話してくれたらいい」

亮也が沙良に向けてにっこりと笑った。その顔は、イケメンすぎて困るレベルだ。

沙良はかろうじて視線を合わせたまま、ぎこちなく微笑みを返す。

診察の合間を縫って、改めてスタッフとの顔合わせをすませた。

クリニックには女性スタッフが三人おり、それぞれが交代で受付と診察室を担当しているらしい。

診察に立ち合っていた中村と、受付にいた大田が今日の当番とのこと。もう一人のスタッフは小山という人で、三人とも動物看護師の資格を持っているという。

入院に関する必要な手続きを終え、沙良は急ぎ寮に向かう。

寮の前には、引越しのトラックが停まっていた。

すでに新しい学生が続々と入居してきており、沙良の部屋も空き次第、次の学生が入る予定だ。

(ほんと、つくづくいい迷惑だよね……。次の人のためにも、できるだけ早く引越しをすませちゃわないと)

迷ったあげく、実家にはリクちゃんの病気のことも含め、住み込みでお手伝いさんをする件は言わないでおくことに決めた。

住むところについては、当面友だちのアパートに居候することになったと連絡を入れる。

極力嘘はつきたくなかったけれど、今はこれがベストな選択だと自分に言い聞かせた。

差しあたって必要なものだけをリュックサックに詰め込み、ふたたびクリニックを目指し電車に乗る。駅前のスーパーで食材を買い込み、急ぎ足で歩いた。

クリニックの診療時間はすでに終わっており、入り口には「CLOSED」のプレートがかけられている。

ドアを開けてなかに入ると、中村たちが帰る準備をしていた。

「あら、おかえりなさい。リクちゃん、さっき流動食を食べたところよ」

大田が、リクちゃんの居場所を指で示して教えてくれた。

教えられたのは、「B」の部屋だ。あたりに亮也の姿はない。

「あの、藪原先生は……」

「先生は近所の患畜（かんちく）さんのお宅まで往診中よ～。今しがた連絡があって、もうじき帰るって」

看護服を脱いだ二人は、どこにでもいる近所のおばちゃんの格好をしている。

「はい、これも渡しておくわね」

大田が手渡してくれたクリアフォルダには、クリニックのスケジュールや看護師らのシフト表が入っていた。

それによると、クリニックは午前中は九時から十二時まで。午後は二時から六時までで、この時間帯は予約診療になる。土曜日は午前中の予約診療のみ。日曜日は休診日。その他往診や急患にも臨機応変に対応するそうだ。

「私を含め、ここにいる看護師は全員が五十過ぎで既婚者なの。だってほら、藪原先生ってあのとおりのイケメンでしょう？　まだ独身だし、ここで長く働くには私たちくらいのおばちゃんがちょうどいいのよ。ね、中村さん？」

「そうなのよ。そうでないと、飼い主さんたちの視線が怖い怖い〜」

中村が言うには、午前中の診療はそれほどでもないが、午後は亮也目当ての飼い主が頻繁に予約を入れて来院するとのこと。彼女たちは早めに待合室に来ては互いに牽制し合い、亮也をめぐって火花を散らしているそうだ。

なるほど。

沙良は、昼間見た女性飼い主たちのことを思い出した。

彼女たちがここに来る目的は、ペットの治療だけではなかったのだ。むしろ、亮也に会うことがメインなのかもしれない。

「だから、そのことに関しては、ちょっと心配なの。もしかして、飼い主さんたちが沙良ちゃんのことをライバル認定しちゃうんじゃないかって」

大田が心配そうに眉根を寄せると、中村も頷いて深刻そうな表情を浮かべる。

「うちのクリニックは、先生自身が広告塔だからね～。予約診療はほぼ全員が先生目当てに通ってくる人。皆さん火花バチバチで大変なのよ」

聞くところによると、かつては若い看護師も採用していたようだが、スタッフ間でもトラブルが相次ぎ大変だったらしい。原因は言わずと知れた、亮也をめぐる恋愛バトルだ。

結果、クリニックの実質的な採用基準は、五十歳以上の既婚者になったという。

「はぁ……、そうですか……」

なんとなく予想はついていたけれど、そこまでひどいとは思わなかった。

そういうことなら、極力飼い主の神経を逆なでしない、地味な裏方に徹しなければ。

沙良が自然と身を縮こめていると、中村が自分の胸を掌(てのひら)で叩いて、にっこりと笑う。

「平気よ～。もしなにかあっても私たちが支えるからね。他のことでも、いろいろと相談に乗ってあげるし」

その頼もしげな様子に、沙良はほっとして口元をほころばせた。

「はい！　ありがとうございます」

「ちなみにうちの先生って、動物の診療に関してはオールマイティなのよ～。家庭にいるペットはもちろん、動物園にいる猛獣や水族館にいる魚だって診(み)れちゃう。もちろん牛や馬だってどんと来いよ～」

中村が歌うように説明する。

「牛や馬まで……」

沙良は、実家にいる動物たちのことを思い出した。

実家の牧場には、牛が十五頭と馬が五頭のほか、ヤギやニワトリがいる。

もともと牧場にはかかりつけの獣医師がいたが、沙良が大学に進学してまもなく、病気で亡くなってしまった。今は新しく別の動物病院の世話になっていて、沙良はその先生とはまったく面識がない。

「そう。なかにはすごく暴れん坊の患畜もいるんだけど、先生に睨まれると漏れなくおとなしくなっちゃうから不思議なのよね」

大田が大げさに首を傾げる。それに合わせるように、中村が何度も首を縦に振った。

「そうそう、あの目に見つめられて、逃げ出せた患畜は今まで一匹たりともいないんだから〜。小向さんも見たでしょう？　あの調子で、動物も人間もロックオンしちゃうのよ。すごいわ〜。さすがに私たちは慣れちゃってるけどね」

大田たちは顔を見合わせて、笑い声を上げる。

「目力もそうだけど、先生って、動物にも人間にも優しいのよ。それが動物にも伝わるんじゃないのかしらね。この人にならせられる、って感じで」

「私もそう思うわ〜。ここが流行っているのは、まずそれよね。実際腕もいいし、どんな患畜でも受け入れて助けようとしてくれるの。ほんと、あんないい先生ってなかなかいないわよね～」

「そうそう、うちは西亜大学の獣医学部と提携っていうか、交流があってね。輸血用の血液の調達もそこでしているし、大掛かりな手術とかあると、大学の施設を使わせてもらったりしてるの。先生の留守中に重症の患畜さんが出たときも、応援にきてもらったりとか。――あら、もうこんな時間だわ！」

時計を見ると、もう午後七時半をすぎている。

ひとしきり沙良に病院のことを説明した二人は、機嫌よく帰っていった。

沙良は彼女らを見送ったあと、改めて病院内を見回す。これからしばらくは、この建物が沙良の職場であり、住まいになるのだ。

「でも、よかった。先生もスタッフも皆いい人で……。ビビリで人見知りの私でも、すんなり受け入れてもらえたし」

親子ほど年が離れているせいもあってか、二人ともすでに沙良のことを「沙良ちゃん」と呼んでくれている。まるで、実家の近所のおばちゃんたちと話しているみたいだ。

内定がなくなってからずっと気持ちに余裕がなかったが、今はずいぶん楽な気持ちだ。

依然就活中ではあるが、少なくとも一歩前に歩き出せたという事実が沙良の心を軽くしているのだろう。

「やるからには、精一杯がんばろう」

沙良は気持ちを新たにして、背筋をしゃんと伸ばした。

昼間ざっと案内してもらったから、屋内にあるおおよその部屋の位置はわかっている。

待合室をすぎて右手にある入院室に向かう。

室内は、壁に沿って個室が用意されており、左右で大型動物用と小動物用に分けられている。

リクちゃんは左手上段の個室にケージごと入れられており、両隣には裂傷治療中のフェレットと、中耳炎のチワワがいた。

そっと近づいてみると、皆ちょうど眠っている。

沙良はしばらくの間リクちゃんの寝顔に見入ったあと、部屋を出て階段で三階に向かった。

背中には私物が入ったリュックを背負い、両手に食料品が入った買い物袋を下げている。

聞かされた話では、建物の二階部分は患畜用の集中治療室――ICU専用のスペースになっているらしい。

屋内の階段と三階フロア全体の照明はセンサー式で、自動的に点灯するようだ。

「ほんと助かる～。ここってやたら広いんだもの。三階は患畜もいないし、一人だとなんだか怖いもんね」

二階の踊り場をとおりすぎ、三階に到着する。

実のところ、沙良は暗いところが得意ではない。得意でないというか、はっきりと苦手だ。正直言って、ものすごく怖い。

暗がりからなにかがふいに出てきそうで、どうしてもビクついてしまう。

「なんだか寮生活をはじめたときのことを思い出すなぁ……」

長年住んでいた実家なら慣れているし、家族がいるから割と平気だ。しかし、寮の慣れないワンルームでは、暗闇に対する苦手意識が前面に出てしまって最初は大変だった。リクちゃんが部屋で待っていてくれたからこそ、沙良は安心して住み続けることができたのだ。

「大丈夫。同じ屋根の下にリクちゃんがいるんだもの。怖くない怖くない。もうじき藪原先生も帰ってくるし、ぜんぜん平気だって」

気持ちを切り替え、住居部分のドアを開けた。

広々とした玄関を通り抜けて、左手にあるキッチンに向かう。

実家にいたころから料理をしていた沙良にとって、食事作りはまったく苦にならない。寮には、自由に使えるキッチンがあり、沙良はよくそこで自分の食事を作っていた。

亮也は特に食べ物の好き嫌いや、住まいに関するこだわりはないらしい。それに、家事に関することは全面的に任せると言ってくれた。

　3LDKのフロア全体は階下と同じ白壁で、床面も白木のフローリングだ。

　全体の広さはおよそ八十平米といったところだろうか。

　キッチンは、カウンターを挟んでリビングルームとダイニングルームに繋がっている。

「広～い！　それに、なんだか、すっごくおしゃれ」

　家具はモノトーンで統一され、リビングにはどっしりとしたカウチ型のソファが置かれている。

「それにしても、綺麗な部屋。まるで散らかってないんだ……」

　男性の一人暮らしというから、多少雑然としているものと思っていた。けれど、ここは全体的に片づいているというか、そもそもあまり物がない。

　本や洋服のたぐいは、壁と一体型の収納スペースのなかだと聞いている。

　掃除するのは便利そうだが、生活感がまったく感じられない部屋だった。

　食料品をキッチンに置き、ひととおり片づけをすませる。

「あ、そうだ。ちょっとだけホームページを見てみようかな」

　これからはじまる同居生活を前に、雇い主に関することは事前に知っておいたほうがいいだろう。

　沙良は荷物からノートパソコンを取り出し、クリニックのサイトにアクセスした。

「院長プロフィール」のページを開くと、亮也本人の写真の代わりに、かなりデフォルトメされたタヌキのイラストが貼られていた。

「ぷっ……なんでタヌキ？　載せるなら、イケメンのライオンじゃないの？」

あれほどの美男だ。自慢げに顔写真を載せてもいいくらいなのに、タヌキでは実物の亮也とあまりにも違いすぎる。

「イケメンすぎて、かえって載せにくいとか？　イケメンはイケメンなりに気を使って大変なのかなぁ」

一人きりでいる不安もあり、沙良は小さくひとり言を言いながら閲覧を続ける。

タヌキの下には、簡単な経歴が書かれていた。

亮也は国内最高峰の大学で獣医学を学び、その後北海道の動物病院に勤務、そして二年前に現在のクリニックを開業したようだ。動物全般診療可能で、特にエキゾチックアニマルを得意とする、とある。

「年齢は、今年で二十九歳か」

そう呟いたタイミングで、リュックサックに入れていたスマートフォンの着信音が鳴った。あわてて取り出して画面を確認すると、さっき登録したばかりの亮也の番号が表示されている。

「はいっ、小向です！」

すぐに応答したはいいが、緊張のせいで声が変に上ずってしまった。

『ああ、薮原です。今帰りなんだけど、必要なものがあれば買って帰るよ。なにかあるかな？』

亮也の快活な声が返ってくる。

普段父より若い男性と電話で話すことなどない沙良は、それだけでもビビってしまう。

「い、いいえっ。帰りに買い物をしてきたので、特になにもありません」

目の前にいるわけでもないのに、つい頭と手を振ってしまう。

『そうか。じゃ、あと三十分くらいで帰るから、留守番よろしく』

電話が切れ、部屋のなかに静寂が戻る。スマートフォンを当てていた耳が、やけに熱く感じた。

ふと気がつけば、耳だけではなく頬もジンジンと火照っている。

「『あと三十分くらいで帰るから、留守番よろしく』……だって。今の、なんだか新婚さんの会話みたいじゃない？」

呟くと同時に、意味もなくにやついている自分に気づき、一人あわてふためく。

「や……ちょ、ちょっと。なに考えてるのよ、私ったら！」

無意識だったけれど、さっき一瞬だけ自分と亮也が新婚夫婦だったら——、なんてことを想像していた。

ただいまとおかえりなさいのあとに、晩ごはんのメニューについて微笑みながら会話する、自分と亮也を――

「な、ないって！　間違っても、ないから！　あんなイケメンと私がくっつくわけないでしょ？」

沙良は左右に頭を振って、的外れな発想を吹き飛ばした。

いくらなんでも、考えが飛躍しすぎている。

沙良がこうして住み込みのお手伝いさんになったのは、二人の利害関係が一致したからであり、亮也が動物にも人間にも優しい、いい人だからだ。

間違っても恋のはじまりなんかではない。そのことをしっかりと自覚しておかなくては、とんでもない勘違い女になってしまうではないか。

けれど、なぜか胸の鼓動は一向に静まる気配がなかった。

「さ、早く晩ごはんの用意しなくちゃ」

なんとか意識を切りかえ、沙良は持参したエプロンをつけて食事の準備に取りかかった。

亮也に聞かされていたとおり、冷蔵庫にはアルコールとミネラルウォーターくらいしか入っていない。調理道具は一式そろっているけれど、調味料の買い置きはなかった。

家でまったく料理をしないというのは、どうやら本当のようだ。

鍋やフライパンも、使われた形跡がまったくない。壁にかかっているおたまを見ると、店頭で売られていたときのシールが貼られたままになっていた。

「彼女とかいないのかな……」

あれほどの容姿である上に、人当たりもよく心優しい。彼女がいて当然だし、むしろいないほうがおかしいと思う。

けれど、改めて周りを見回しても、生活感のみならず、女性の影もない。

シンク横の引き出しを開けると、コンビニでもらったと思われる割り箸が山積みになっていた。

「逆に何人も彼女がいるから、それぞれの存在がバレないようにキッチンとか使わせていないのかも。もしくはもともと恋人は家に入れない主義だったりして？　イケメン獣医師の恋愛事情って、案外そんな感じなのかな」

恋人は一人か、もしくは複数いる。だが、決して仕事場がある自宅建物には立ち入らせない。そんな自分ルールが存在するのかもしれない。

そうであると仮定すると、いろいろと納得がいく。

「うん、だとしたらやっぱり私は論外だね。……って、最初からそう言ってるじゃない！」

自分に突っ込みを入れたところで、頭を切り替えて本格的に料理に取りかかった。

ステンレス製の調理台は、傷ひとつなく綺麗だ。しかし、沙良にはやや高くて使いづらい。

明日踏み台を買ってきて高さ調整をしよう。そんなことを思いながら炊飯器のスイッチを入れ、調理器具の準備をする。

高さを除けば、広くてとても使いやすいキッチンだ。これなら快適にすごせそうだし、調理もはかどるだろう。

時間があまりないから、夕食のメインメニューは豚肉が多めの野菜炒めに決めた。それにほうれん草の胡麻和えと、具沢山の味噌汁をつける。

すべてを同時進行で作りながら、器はどれにしようかと棚のなかを物色する。こちらも亮也の身長に合わせているのか、かなり高い位置までものが置けるようになっていた。

「うわ～、これじゃあ踏み台があっても、上のほうまでは届かないなぁ」

それにしても、どれをとってもおしゃれな食器ばかりだ。沙良の実家にあるようなキャラクターもののマグカップや、景品でもらったような皿などはいっさい見当たらない。

つま先立ちして苦労しながら食器を取り出していると、玄関のチャイムが鳴った。

「は……はーい！」

たぶん亮也だ。

もしくは、急病の患畜かもしれない。

火を消してキッチンを出た沙良は、急いで階段に向かった。慣れない段差を駆け下り、二階の踊り場に到着する。そのままの勢いで一階を目指して、最後の段差を下りきる前にちょっとだけ足が滑った。

「ひゃっ！」

バランスを崩し前面の壁にぶつかりそうになったそのとき、フロアから伸びてきた腕に助けられた。

「おっと危ない」

腕に抱えられた状態のまま上を向くと、驚いた顔の亮也がこちらを見つめていた。

「ただいま。出迎えはありがたいけど、そんなに急ぐと怪我をするぞ」

昼間聞いたときと同じ、優しくて低い声だ。けれど間近で聞くせいか、やけにセクシーに聞こえる。

「おっ……おかえりなさい……」

ようやく出た声は、情けないほど小さかった。

至近距離で見つめ合ううち、頬がどんどん紅潮していく。

「足、捻ったんじゃないか？　念のためこのまま運ぶから楽にしてて」

「えっ？　わ、わわっ……！」

身体がふわりと宙に浮いたかと思うと、太ももをしっかりと抱えられて縦抱きにされる。

やや癖のある茶褐色の髪が、沙良の目の前に迫った。どんなシャンプーを使っているのだろう、すごくいい香りが漂ってくる。

びっくりして、かろうじて彼の肩に両手を置いたものの、そのあとはどうしたらいいのかわからない。

「あ……あのっ……」

ようやく口を開いたのに、そのあとが出てこない。

トントンと軽快に階段を上るリズムが、沙良の身体を上下に揺らす。

沙良の体重は五五キロで、自分でも少し余分な肉がついていることを自覚していた。普段それを気にするようなことはないけれど、今は意識しないわけにはいかなかった。ちょっとでも小さくなろうと、身体をぎゅっと縮こめて丸くなる。

「そんなに丸まらなくても大丈夫だよ」

亮也が上を向いて口元をほころばせる。その笑顔が素敵すぎて、沙良はまたしても彼から目が離せなくなった。

心臓が、口から飛び出そうだ。どうにか落ち着こうとするのに、エラ呼吸する金魚のように、やたらと口ばかりパクパクと動いてしまう。

二階の踊り場に着くと、亮也が立ち止まって沙良を見た。視線が合い、思わず大きく目を見開く。

「ふむ……すごく驚いた顔しているね。目がまん丸になっているけど、瞳孔は閉じ気味だな。もしかして緊張してるのかな？　大丈夫、ぜんぜん怖くないから安心していいよ」

亮也がふたたび階段を上りはじめる。

視線が外れ、沙良はちょっとだけ身体の力を抜いた。

やはりこの人は、自分のことを女性だなんて微塵も思っていない。話しかけてくる口ぶりが、まるで患畜を相手にしているみたいだ。もしくは、子供相手？

きっと彼にとっての沙良は、女を意識しないですむ、理想のお手伝いさんなのだろう。そうとわかれば、おとなしく運ばれるのが一番の対処法だ。

でも……この距離は近い！

いくらなんでも近すぎだ。

順調に階段を運ばれ、気がついたときには三階のリビングに着いていた。

ソファの上に沙良を下ろした亮也が、足元に片膝をつく。あわてて立ち上がろうとしたが、彼が大きな手で左足首を持ち、顔を覗き込んでくるのでそれもかなわない。

「まだじっとしてて。……どう、痛くないかな？」

亮也が、沙良の足首を上下にそっと動かす。

「はい」

痛くはない。だけど、ものすごく緊張している。男性に足首を触られるなんて、生まれてはじめての経験だ。

「こっちも？」

今度は左右に動かしてくる。

「はいっ、大丈夫です」

それにしても、イケメンは、頭のてっぺんですらかっこいい。きっと真のイケメンとは、全方位から見て非の打ちどころのない、亮也のような男性のことを言うのだろう。

「そうか。じゃあよかった」

亮也は顔を上げ、沙良を見て目を細めた。

きっと顔が赤くなっているに違いないが、ここは我慢して、視線を合わせたままにしておく。

「もし後々痛むようであればすぐに言って。無理して動かすとよくないからね」

「はい、ありがとうございます」

足首から手を離すと、亮也がおもむろに沙良の隣に腰を下ろし、大きく背伸びをした。

「うーーーーん！　今日も一日、頑張ったなぁ！」

突然の大声に、ちょっとだけびっくりする。

「あぁ、帰りに買い物をすませてくれたんだよね。ごめん、うっかりしていた。必要経費として、いくらか事前に渡しておくべきだった」

「いえ、少額だったし大丈夫です」

「学生時代はずっと自炊？　あ、でも寮に入っていたって言ってたよね」

「はい。でも、食事は各自作って食べてたので」

オフモードに入ったのか、亮也はソファの背もたれに頭を乗せ、目を閉じている。呼吸もゆっくりとしており、もしかしてこのまま寝てしまうのではないかと思うくらいだ。

前に投げ出された彼の脚は、驚くほど長い。

そのまま様子を窺っていると、閉じていた目が開き、沙良のほうに視線が向いた。

「俺、クリニックで気を張っている分、家では結構だらけてるんだ。だから、いつもこんな感じ。適当に食べて風呂に入って、あとは寝るだけ。あまり手はかからないタイプだから、その点では安心してくれていいと思うよ」

言われてみれば、なるほど昼間見たときよりも表情が緩んでいる感じだ。

クリニックでの彼も割とリラックスした感じに見えたけれど、そうではなかったらしい。

それも当然か。やってくるさまざまな患畜を前に、頭のなかはフル回転だったはずだ。それプラス往診までしたのだから、疲れていて当たり前だろう。

それなのに、亮也はさっきから沙良に気を使っているような気がする。

やたらと質問したり答えを引き出そうとしたりしないし、質問も短い返事ですむものばかりだ。そんな気遣いのおかげで、沙良は変に気負わなくてすんでいる。

思えば、今までに出会った同じ年頃の男性で、こんな感じの人はいなかったように思う。たいてい皆自分のペースで話をして、質問があればどんどん投げかけ、なんらかの答えを聞き出そうとする。

だけど、亮也はまるで違う。

全体的な雰囲気がとてもゆったりとしていて、圧迫感がない。

これが大人の男というものなのだろうか。

イケメンすぎてドキドキするのに、なぜか不思議なくらい安心するのは、そういった気配りがあるからかもしれない。

だけど、正直今の状況をどうやりすごせばいいのかわからない。

「ははっ、そんな萎縮したハムスターみたいにならなくていいよ。おなかいっぱい息を吸って、吐いて……そうそう、リラックスして。ここはもう、小向さんの職場であり、家でもあるんだから」

どうやら、自然と身体が縮こまり、息を潜めていたみたいだ。

言われるままに深呼吸をしていると、大きな掌で頭をなでられた。

亮也の微笑んだ顔につられて、沙良も笑みを浮かべる。

無理に笑ったのではない。笑ってしまうほど魅力的な笑顔を見てしまったせいだ。

「よかった、やっと笑ってくれたね。はじめて見たときに思ったんだけど、小向さんって小動物系だよね。でも目が大きいから、ハムスターじゃないな。ふわふわしてて、こう……手のなかでくるっと丸くなっちゃいそうな――」

言いながら思案顔をしていた亮也だったが、はたとなにかに気づいたといったふうに、片方の眉尻を上げる。

「うん、やっぱりそうだ。小向さん、エゾモモンガに似てるよ」

亮也が確信を持った声でそう言い切る。

一方の沙良はわけがわからず、余計目を大きく見開いて首を捻った。

「えっ？　エ、エゾ……？」

「そうそう、それ！　そのしぐさも似ているよ。知らない？　エゾモモンガ。ものすごく可愛いやつ……。ほら、これだ」

亮也が取り出したスマートフォンを操作して、沙良のほうに差し出す。

示されたスマートフォンの画面には、松の木のうろから身を乗り出す、小動物の写真が表示されていた。大きな黒い目に小さな口。体毛は白と褐色で、びっくりするほど可愛らしい。

「な？　そっくりだと思わないか？　こいつはネズミ目リス科で、体長はだいたい十五センチから十八センチくらい、体重は平均して百グラムほど。北海道の森林に住んでいるんだ。昔、北海道のクリニックにいたときに怪我をした子が連れてこられてね。たまたま居合わせたのが、当時まだ新米獣医師だった俺だけでさ。その子が、俺が正式に担当した患畜（かんちく）第一号になってくれた」

　スマートフォンの画面が遠のき、亮也の顔がぐっと近づいてくる。

彼の目がごく近い位置に迫った。もう少し近寄れば、鼻先がくっついてしまいそうだ。

「だけど、残念ながらペットとして飼うことは法律で禁じられている。だから、治療がすんだ時点で森に帰したんだけどね。野生だと寿命はあまり長くないんだけど、まだ元気に飛び回ってくれているといいな」

　エゾモモンガのことを話しながらも、亮也の視線はずっと沙良の顔に注がれている。

「目は大きいと九ミリくらいあってね。丸くて食べてしまいたいくらい愛らしかったなぁ……。そういうところも、すごく似てる」

（えっ？　食べっ……）

　それはもしかして、沙良を食べてしまいたいということだろうか？

　いや、いくらなんでもそれはない。動物と人間を一緒にしてどうする。

「それはさておき、小向さんの呼び方だけど……。もし嫌じゃなかったら、下の名前で呼んでもいいかな？　中村さんたちもそうしているみたいだし、そのほうが親しみがこもってる感じがするしね。もちろん、仕事中は別だけど。どうかな？」

「あ……はい！　問題ありません」

私生活でもそのほうが呼ばれ慣れているし、むしろ「小向さん」なんて呼ばれると、こちらが身構えてしまいそうだ。

「よかった。じゃあ、そうさせてもらうよ。俺のことも好きに呼んでくれていいから」

「はい、わかりました」

そうは言っても、同じように下の名前を呼ぶわけにもいかない。やはりはじめは「薮原先生」が妥当なところだろう。

「さて、と。さっきからすごくいい匂いがしてるな。今夜のメニューは……中華系？」

「はい、お肉たっぷりの野菜炒めがメインディッシュです」

「おっ、いいね！　じゃあ、さっそくごはんにしてもらっていいかな？」

「はいっ」

あぁ、これだ。

亮也の食べる気満々の顔を見て、沙良は顔をほころばせた。

寮でもそうだったけれど、一人ぶんをチマチマと作って食べるのは今ひとつ寂しい。

誰か一緒に食べてくれる人がいれば楽しいし、作り甲斐もあるというものだ。

ただし今回の場合、相手は気心の知れた友だちではなく、今日会ったばかりの独身男性。

作ったものを食べてくれるのは嬉しいけれど、身内以外の男性に手料理を振舞うのははじめてのことで、緊張する。

沙良の気後れをよそに、亮也は早々にキッチンに向かった。

「うぉ！　すっごくうまそう。あ、食器とかわかったかな？」

「はい、手が届く範囲のものを適当に……」

急いであとを追ってキッチンに入ると、亮也ができ上がった料理に見入っている。

「そうか、このキッチン、少し身長が高い人用に作ってあるから、高さ調整する踏み台とかいるよな。明日時間があれば、一緒に買いに行こうか」

くるりと振り向かれ、思わずその場に踏みとどまる。イケメンと近づくにはまだ勇気が足りない。

「い、いいえ、明日は午前中に面接があって……。そのまま寮に行って引越しをすませるつもりなので、その途中で適当に買ってきます」

「うん、わかった。じゃあ、それも必要経費分から出してくれていいから」

亮也は率先して、配膳を手伝ってくれる。

沙良はキッチンとテーブルを行ったり来たりしながら、つい今しがたの発言について考えを巡らせた。

（やっぱり一緒に行ったほうがよかったかな……。必要経費だし……、でも緊張して、選ぶどころじゃなくなるかも。あ、百均とかじゃダメなのかな）

見たところ、部屋のなかに置かれているものはすべて、それなりに値が張りそうなものばかりだ。踏み台なんて役に立ちさえすればなんでもいいと思っていたけれど、この家に置く以上、それではダメかもしれない。デザイン重視で選んだほうがいいのだろうか。

「どうかした？　難しい顔して」

「あ……いえ……」

亮也は湯気が立つ皿が並ぶテーブルの前に座り、沙良にも座るよう促す。

「いきなりこんな生活がはじまって戸惑うことだらけだろう？　ましてや相手が男なんだから、正直いろいろと気を使うと思う。だけど、あまり気負わなくていいし、なにか気になることがあれば気軽に聞いてくれたらいいよ」

優しく促され、沙良はようやく思っていたことを口に出した。

「あ……えっと、私が買ってきたものがこの部屋にマッチしなかったらどうしようって……」

「踏み台のことを言ってるのかな？」

「はい……、色とかデザインとか……」

せっかくきちんとコーディネートされているのに、そこだけが残念な感じになるのは申し訳ない。けれど、亮也は軽く微笑んだまま首を横に振った。

「ここは、設計の段階から全部友だちのインテリアデザイナーに任せっきりで建ててもらったんだ。だからインテリアも、全部丸投げ。気に入ってはいるけど特別なこだわりがあるわけじゃないから。そういうわけで、沙良ちゃんが気に入ったなら、なんでもいいよ。使い勝手がいいのが一番だし、その辺は実際に使う人の選択に任せる」

「はい――」

頷いて返事をしたはいいが、実際に「沙良ちゃん」と呼ばれたことで顔が火照る。

「じゃ、じゃあ、適当にみつくろって買ってきます」

「うん、よろしく」

向かい合って座り夕食を食べる間も、緊張状態は続いた。

箸を持つ指先は強張るし、咀嚼して呑み込む音すら気になってしまう。

「うん、うまい！　この野菜炒め、すごくうまいよ」

亮也が料理を絶賛する。沙良は嬉しく思いつつも、これまでにない褒められように、顔を赤くして恐縮してしまう。

「家で炊き立てのごはんを食べるのって、いつ以来かな……。家電を買い揃えたときに何度か炊いて、それきりだったから、かれこれ二年近くなるのか」

「えっ、そんなに長い間、炊き立てのごはんなしで!?」

驚いて、つい箸を持ったまま身を乗り出してしまった。

一日や二日食べなくてもどうということはないけれど、二年も食べていないなんて、沙良には考えられないことだ。

「うん。食べたくなったら行きつけの店に行ってたから。忙しくてなかなか足を運べないんだけどね」

「ああ……、そうですよね。炊き立てのごはんとか、外でも食べられますもんね」

そっと座り直す沙良に、亮也がにっこりと笑いかける。

「でも、やっぱりこうして家でゆっくり食べるのが一番だな。今はじめてそう思った。自分で炊いたときは、おかずは全部できあいのものばかりだったから」

そのあとも、亮也は見ていて気持ちがいいほどの食べっぷりを見せてくれた。

昼間あれだけ忙しく動き回っているのだから、おなかがすいて当然だろう。

彼は、ごはんを二杯おかわりし、用意した料理を全部綺麗に平らげてから「ごちそうさま」と言った。

沙良はといえば、そんな亮也につられるようにして食べたせいか、気がつけばいつもの半分の時間で食べ終わっていた。

「お皿、持っていくよ」

「いいえ、私がやります。だって、お給料をもらうわけだし……」

片づけを手伝おうとして立ち上がる亮也を、あわてて押しとどめる。

「それはそうだけど、これくらいは、ね。お手伝いといっても就活優先が大前提だし、明日だって午前中に面接の予定が入ってるんだろう？」

「あ……はい」

「その準備もあるだろうし、俺が運んで、沙良ちゃんはそれを食洗機に突っ込む。あとは自由時間でいいよ。俺はこのあとシャワー浴びて寝るだけだし」

「はい。ありがとうございます」

トレイに食器を載せ終えると、亮也は大またでキッチンへ歩いていく。

それにしても、ものすごく好条件で雇われたものだ。

今さらながら恐縮して、亮也とすれ違いざまにぺこりと頭を下げる。すると、突然後頭部を撫でられた。驚いて顔を上げた視線が亮也のものとぶつかる。

「ごくろうさま。じゃあ、また明日ね。おやすみ」

歩きながら見つめられ、まるで流し目を送られた気分になる。ドキドキしつつもう一度会釈(えしゃく)し、その場に立ち尽くした。

ほんの一瞬のことだったのに、触れられた部分にまだ亮也の手のぬくもりが残っている。

「……お皿……洗わないと……」

ようやく動けるようになった沙良はふらふらとキッチンに向かい、シンクの前に立った。軽く皿を水洗いして、食洗機のなかに並べる。

バスルームでは、今ごろ亮也が服を脱いでシャワーを浴びているころだろう。

「……って、余計なこと考えなくていいってば！」

頭のなかにバスルームの湯気が思い浮かびそうになり、沙良はあわてて妄想を蹴散らす。

男性と同居するという実感が、今になってじわじわと湧き起こる。

今流行のルームシェアだと思えばいい？

だけど、相手はモデルか俳優クラスのイケメンなわけで――

早々に後片づけを終えると、あてがわれた自室に入った。亮也のベッドルームの隣で、ベッドのほかに、丸いテーブルと椅子が置かれている。沙良はそこに、持参したノートパソコンを設置した。壁の一面はクローゼットになっていて、沙良の少ない荷物を入れてある。

窓の外はベランダで、その向こうはクリニックの駐車場だ。

沙良はベランダに出て、しばらくの間ぼんやりと外を眺めた。

クリニックは大通りに面しているが、裏は住宅地だ。目前に見える家屋は、皆二階建てばかり。そのため、視界は割と開けていた。

「はぁ……。今日は、いろいろありすぎたなぁ。だって考えてもみてよ。朝起きたときは、まさかこうなるとは思ってもみなかったんだから」

改めて、今日一日に起きた出来事を振り返ってみる。怒涛の展開とは、まさにこのことを言うのだろう。

「でも、とりあえず当面の危機は乗り越えたって感じかな……。さ、私もそろそろ寝る準備しなきゃ」

ひとり言を言いながら部屋に戻り、バスルームに向かうべく部屋のドアを開けた。

すると、ちょうど亮也が通りすぎるところだった。

「あ、よかった。時間があるときに白衣をクリーニングに出すか、洗ってアイロンをかけておいてくれる？」

まさかタイミングよく、彼がいるとは。沙良は、もう少しで叫びそうになる口をなんとか押さえる。

亮也は、上半身になにも着ていなかった。下半身は白いバスタオルに包まれてはいるが、きっとその下は裸だ。

あわてて顔を上向け、亮也と視線を合わせた。

たった今シャワーを終えたばかりなのか、髪の毛にまだ少し水滴が残っている。

「は……はいっ……」

別に動揺なんかしていない――

そう自分に言い聞かせなければ、今の状況に耐えられそうもなかった。

沙良を見る亮也の目が、さっきとは違った色に見える。ちょっとだけ赤みがかった琥珀色みたいな、なんとも言えない魅惑的な色合いだ。

「予備があるから、あさってまででいいよ」

石鹸のいい香りが漂ってきて、沙良は思わず鼻をひくつかせた。

一日の終わりに見るにしては刺激的すぎる光景に、脳味噌がパニックを起こしている。

「わっ、わかりました！　おやすみなさいっ」

一歩下がり、ドアを閉めた。

（え？　ええっ？　今の、なに……？）

たった今見た亮也の姿が、目の裏に焼きついている。

右隣の部屋のドアが閉まる音が聞こえてきた。

同居一日目にして、前途多難——

しかし、いちいち驚いてばかりもいられない。

その場に立ち尽くしていた沙良は、何度か深呼吸を繰り返した。そして努めて冷静さを保ちながら、そそくさとバスルームに向かったのだった。

＊　＊　＊

その次の日。

沙良は目覚まし時計が鳴る二時間も前に目を覚ました。

カーテン越しにうっすらと明け方の光が見える。

昨夜はあれからシャワーを浴びて、早々にベッドに入った。しかしながら、なかなか寝付けずに、かなりの時間を考えごとに費やしていた。なのに、こんなに早く起きるなんて……。

「なんで目が覚めちゃったんだろう。いくらなんでも、まだ起きるには早すぎるよ……」

沙良はもう一度目を閉じて、布団のなかで丸くなる。

用意されたベッドはちょうどいい硬さで、寝心地は最高だった。

紺色のシーツ類はすべて同じ素材のもので統一され、びっくりするほど肌触りがいい。きっとこれも、インテリアデザイナーの友だちがチョイスしたものなのだろう。

（リクちゃん、今ごろどうしてるかな……。ぐっすり眠れているといいけど……）

あれこれと考えを巡らせているうち、思いはリクちゃんに向かっていく。どうせ目が覚めてしまったのなら、リクちゃんに会いに行きたい。しかし、住居部分ならまだしも、クリニックエリアを勝手にうろつくことはできなかった。患畜（かんちく）の安眠の妨害はしたくないし、それ以前に一階の暗闇が怖い。

「あー、やだやだ。この年になって暗いところが苦手って……」

沙良は布団のなかで、もぞもぞと身体を動かす。すでに部屋はうす明るいけれど、枕元では、愛用の充電式ライトが点いている。

丸っこくてカメの形をしているそれは、沙良にとっては必需品だ。

沙良とて、できることなら真っ暗な場所でも眠れるようになりたい。けれどやっぱりそうできないのは、幼いころに起きたアクシデントのせいだ。


今から十六年前の夏の日、沙良は近所の友だちと一緒に、家の周りでかくれんぼをしていた。

沙良の家と、経営している牧場は隣接しており、敷地の境界線上に農機具をしまう小さな納屋がある。高さこそ二メートルもないが、その屋根は平たくて、大人が二人寝そべることができるほどの広さだ。

その日、たまたま納屋の横に、ロール状になった牧草が積んであった。

それに目をつけた沙良は、牧草を踏み台にして、屋根の上に隠れたのだ。じきに太陽が傾き、とても綺麗な夕日が見えたことを覚えている。

しかしその夕日が落ちるころになっても、鬼は沙良を探し出せない。

やがて沙良を探すことを諦めた友だちは帰宅し、沙良はというと、うっかり屋根の上で眠りこけていた。

あとで聞いたところによると、夜になっても帰ってこない沙良を探して、周りは大騒ぎになっていたらしい。

一方、目が覚めてあたりが真っ暗なことに気づいた沙良は、屋根の上で大声で泣き出した。

すぐに両親が気づいて助けてくれたけれど、それ以来、沙良は暗闇に恐怖心を抱くようになってしまったのだ。

「あのときは怖かったなぁ。ちょうど新月だったんだよね。ほんと、心細かった」

慣れた場所は比較的平気だし、映画館や夜の街中など、人がいれば大丈夫だ。だから普段はさほど困るようなことは起きないし、なにもなければ忘れていられる。

「そういえば、あのときの夕日の色、昨日の薮原先生の目の色と似ていたかも……」

亮也の赤みがかった琥珀色の目と、あの日見た綺麗な夕日。どちらも美しかったけれど、今思い出すのは、亮也の目だ。

（それにしても、本当に綺麗だったなぁ、薮原先生の目。なんであんなふうに色が変わって見えるんだろう。ほんと、不思議……）

つらつらとそんなことを考えるうち、沙良はいつしか眠っていた。

「……沙良ちゃん、そろそろ起きないとヤバいんじゃないのか？」

「う～ん……。ヤバい……？　ヤバい……むにゃ……」

一応起きたものの、まだ目は開いていないし頭も働いていない。

なにがどうヤバいのか、よくわからないし、今聞こえてきた声が誰のものであるかもわからなかった。

もしかして、まだ夢のなかなのだろうか。

目蓋(まぶた)の向こうがやけに明るいけれど、今何時だろう?

たしか一度目が覚めたような気がするし、そのときはまだ目覚ましが鳴る二時間前で——

「……うわっ!　面接っ!」

思い出した!

今日は午前中に面接で、そこは少し遠いから、早めに準備して出かけなければならないのだ。

突然、脳が覚醒(かくせい)し、沙良はベッドから飛び起きようとした。

目覚ましは、さっき起きたときに無意識にボタンを押したのだろう、本来のセット時間になっても微動だにしなかったみたいだ。

「ちょ、ちょっと……、ふ、布団っ!」

いつも軽々と払いのけている布団が、今日はやけに大きく感じられる。沙良はじたばたともがき、ようやくベッドの上に起き上がった。

「ふぁ〜あぁ……！」

起き抜けの暴れついでに、大きなあくびが出た。

目の奥からじんわりと涙が滲み、目の前がぼやける。パチパチと瞬きを繰り返して正面を見ると、いつもの場所にリクちゃんがいない。不思議に思い窓のほうを見ると、見慣れない紺色のカーテンが下がっていた。

「あれ？……ここどこ？」

ここは学生寮ではなく、見知らぬ場所だ。あわててあたりを見回すと、視界に黒いスウェット姿の男性が目の前に迫ってきた。

「ここは薮原アニマルクリニックの三階で、今、いるのは昨日使いはじめたばかりの沙良ちゃんの部屋だ。ついでに言うと、もう朝の七時半だよ」

「うわぁっ！　きゃ、きゃっ、や、薮原先生っ！」

盛大に驚いて、サルのような声を出してしまった。

昨日からの出来事が脳内を駆け巡り、ようやく今の状況を思い出す。

「おっ、お、おはようございます！　私ったら寝坊しちゃって——」

びっくりしすぎたせいで、身体が思うように動かない。ベッドの上でもたついていると、突然身体ごと亮也の腕に抱えられた。

「暴れないで。なんだか足元がおぼつかないみたいだから、洗面所まで送っていくよ」

朝一のお姫様抱っこに、沙良の心臓は破裂寸前になる。

そんな様子に気づくでもなく、亮也は沙良を抱いたまま廊下に出た。

「ああ、そうだ。わかる範囲でいいから、沙良ちゃんのスケジュールを教えておいてくれるかな？　一応クリニックのスタッフとの調整もあるしね」

立ち止まったところで顔を覗き込まれ、驚いて固まる。かろうじて首を縦に振ると、亮也が優しい顔でにっこりと微笑んできた。

「はい、到着」

ゆっくりと床に下ろされ、頭を軽く撫でられる。

朝っぱらから、いったいなにをやっているのか。お手伝いどころか、自分のほうが亮也に面倒を見られている。

「ほら、まずは顔を洗って歯を磨かないと。今日は俺が朝ごはんの用意をするから。なんていっても、できるのはサラダくらいだけど」

「えっ？　でも……」

戸惑っていると、伸びてきた手で肩を掴まれ、洗面台のほうを向かされる。

「急がなくていいよ。面接があるんだから、ちゃんと身支度をしてからおいで」

「は、はい、すみません。じゃあ、そうさせていただきます」

沙良は恐縮しながらも、亮也の言葉に甘えることにした。

彼が立ち去ると、大急ぎで顔を洗い歯磨きをすませる。

改めて鏡を見ると、髪はボサボサだし、表情もガチガチに強張（こわば）っていた。

「なにこれ！　これでも年ごろの女？　だいたい寝起きの顔を見られるとか、ありえないよ……」

自分に愛想を尽かしながらも、髪の毛を梳（と）かし、メイクに取りかかる。

普段はすっぴんに近いナチュラルメイクだけれど、さすがに面接ともなるとそうはいかない。いつもよりは念入りにファンデーションを乗せ、髪の毛を梳（と）かす。

それにしても、昨日といい今日といい、なぜか亮也はものすごくスキンシップが多い。

初対面で、しかも二日連続で抱っこされるとか、普通では絶対にありえないだろう。

（だけど、つまずいたり寝坊をしたり……。原因を作っているのは自分なんだよね）

それに亮也のほうは、まるで意識なんかしていない様子だ。彼にしてみれば、小さくて丸い沙良は、まさに患畜（かんちく）と同レベルなのだろう。

手早く準備をすませ、鏡に向き直る。

「これでよし、っと……」

いつもよりは女性らしくなった？　いや、大して変わらない。

鏡に映っているのは、特に代わり映えしない自分自身だ。

リビングに行くと、テーブルの上にシリアルの箱とボウル型の丸い皿が二枚置かれていた。その隣には、数種類の野菜が入ったサラダと、オレンジジュースのコップが並んでいる。

どこかに行っているのか、亮也の姿はない。

しかし、見れば見るほどモデルルームのように整った部屋だ。おしゃれだしスタイリッシュだが、いかんせん殺風景すぎる。

「そうだ、今日、買い物のついでにお花でも買ってきて飾ろう」

実家では、日常的に花を家に飾っていた。そのせいか、沙良は寮の部屋にも、時折花を買っては飾っていたのだ。

「うん、いいかも。花があったら、完璧に『新婚さんの朝食風景』って感じになるよね」

そこまで言って、はたと気がついて口をつぐむ。後ろを振り返り、亮也がいないことを確認してほっと胸を撫でおろした。

(ちょ、ちょっと！　なに口走っちゃってるの、私ったら！)

「ありえない。ぜんっぜん、可能性の欠片(かけら)もないから！」

「なにが、ないって？」

「ひぃっ！」

突然背後から声をかけられ、三歩ほど前につんのめってしまった。

「や、藪原先生っ……！　び、びっくりしました……」

沙良は必死で体勢を整えながら、亮也のほうに向き直った。夕べといい今朝といい、いきなり音もなくそこにいるのはやめてほしい。

焦りまくる沙良を前に、亮也は涼しい顔をしている。

「うん、出かける準備は完璧みたいだな。よし、ついでだから健康診断をしておこうか」

「は、はいっ？」

いきなり、なんで健康診断？　いったい、なんのついで？

戸惑って立ち尽くしているうち、顔を覗き込まれ目の下を軽く引き下げられた。

驚いて見開いた目の前に、亮也の顔が近づいてくる。じっと見つめられ、彼の目の色の微妙な色合いを目の当たりにする。

彼の目は、よく見ると茶褐色に緑色や灰色がまじった、独特の色合いをしていた。すごく神秘的だし、じっと見つめていると吸い込まれてしまいそうだ。

（こんな色の目、見たことがない……）

昨日と少し色が変わっているように見えるのは、きっと周りの明るさで見え方が違うせいなのだろう。

「――うん、眼球は問題ない。じゃあ、次は口のなかを見ようか。はい、あーん。歯は親知らずを含めると、全部で三十二本。俺の犬歯はちょっと尖り気味だけど、沙良ちゃんはどうだ？　いーって、してみて。はい、いーっ」

「い、いーっ？」

視線の先にある亮也の歯は、なるほど犬歯がやや尖っている。

言われるまま「い」の口をすると唇の上を軽く指の腹で押し上げられた。

唇に触れられた途端、心臓がどきりと跳ね上がる。続いて下の歯を見るとき、下唇の内側を指先でするりと撫でられた。

頬が熱くなり、耳朶の先に熱が宿る。

自分の口元を見る亮也の顔がものすごく近い。秀でた眉がピクピクと動き、彼が診察に集中していることがわかった。

この扱いからして、やはり彼にとっての沙良は患畜と同じ部類なのだろう。

「うん、いたって健康な歯だ。じゃあ次は喉を診ようか。はい、もう一度、あーん」

「あ、あー……」

さすが獣医師だ。当然のような顔で指示をされると、つい言われるままに口を開けてしまう。

昨日リクちゃんを診てもらっているときに催眠術みたいだと思ったけれど、むしろこれは、一種の魔法かもしれない。

「うん、いいね。口腔内の環境は、理想的な状態に保たれている」

亮也が満足そうに頷く。

およそ一五センチ先に、亮也の目がある。漆黒の瞳孔と、それを囲む複雑な色合いの虹彩。まるでひとつの惑星のようで、見つめられるたびに、いっそう強く惹きつけられてしまう。

「はい、よくできました。もう口を閉じていいよ」

至近距離で鮮やかに微笑まれ、心がとろけそうになった。

亮也の笑顔が眩しすぎたせいか、急に鼻がムズムズしてきてくしゃみが出そうになる。

だけど、目の前には亮也がいる。

横を向けばすむのに、焦った沙良は、くしゃみを呑み込んでしまおうとした。

「んっ、ぐっ！」

結果、下唇の端を強く噛んでしまう。

「痛っ……！」

痛さのあまり、涙が滲む。歪む視界の向こうに、亮也の顔が見えた。きっと今、すごく変な顔になっている。それをこんな近くで見られてしまうなんて……

情けなくなり、ぎゅっと目を閉じた。すると、さっきよりも近い位置から、亮也の心配そうな声が聞こえてきた。

「大丈夫か？　うーん、ちょっとだけど血が出てるな。どれ……」

診ようとしてくれているのか、亮也の指が沙良のあごをそっと掴んだ。

目蓋を下ろしたままじっとしていると、ふいに右下唇のあたりに柔らかなものが当たるのを感じる。

はっとして目を開けると、ごく間近に亮也の顔があった。あまりにも近い距離に驚いていると、二人の唇がぴったりと重なった。

(え……っ……?)

突然のことに思考がついていけず、息を呑んだまま目を見開いて固まる。

視線が合い、彼の目がほんの少し細くなるのがわかった。だけど、亮也は別段あわてる様子もない。

彼の舌が沙良の唇の端を舐めた。

びくりと身体が震え、その途端ようやく今何が起きているのかを認識する。

唇が離れ、亮也の視線が沙良の口元に移った。沙良は依然として動けないままだ。

「沁みる? ここ」

亮也の親指が、傷口の近くをそっと撫でる。

「いっ……いえ……」

かろうじて返事をして、首を横に振った。

正直言って沁みているかそうでないのか、まるでわからない。

たった今起きた出来事が衝撃的すぎて、頭のなかは空っぽの真っ白けだ。

「くしゃみを止めるには、鼻の下を指で押さえるといいそうだよ」

亮也の人差し指と中指の先が、沙良の鼻の下に触れる。そして、彼の視線が沙良の目に戻ってきた。

今の彼の目の色は、ちょっと赤みがかった琥珀色だ。光によって色が変わると思っていたけれど、同じ光でも違って見えるのは、どうしてだろうか。

「どうかしたか？　狐につままれたような顔をしているけど」

亮也が白い歯を見せて笑った。

彼にとって、沙良はとことん患畜？　だから、抱っこもキスも、平気でできてしまう？

いや、もしかして今のは治療の一環、とか？

混乱する頭を抱えながら、沙良は亮也にエスコートしてもらい、朝食のテーブルについた。

「さあ、とりあえず朝ごはんを食べよう。唇、もう噛まないようにな」

向かい合わせの席に着いた亮也が、沙良の顔を見ながら「いただきます」と言った。つられて「いただきます」を言うと、にわかに空腹を感じ、少しだけ平常心が戻ってくる。

手渡された牛乳のパックを傾け、シリアルの皿に注いだ。半分上の空で食べていると、すくい上げたシリアルがパラパラと皿に落ちてしまった。

「噛んだところがまだ痛むか？」

亮也がテーブルの向こうから身を乗り出し、顔を近づけてくる。

「えっ……、い、いいえ！　だ、だいじょうぶです！」

妙な感じに声が裏返り、あわてて精一杯のすまし顔をした。

「そうか。牛乳、もう少し入れたほうが食べやすいと思うよ」

亮也が、牛乳のパックを沙良の近くに置いた。礼を言ってそれを手に取り、たっぷりと注ぎ入れる。スプーンを手に取り、ザクザクとかき混ぜながらも、頭のなかはさっきの亮也とのキスのことで一杯だ。

（そもそも、こんなにかっこいいんだもの。あの程度のキスなんか日常茶飯事だったりして）

もしくは、患畜相手のスキンシップの一環か。

どちらにしても素直に納得はできないけれど、そうでもなければ、あんなことが起こるはずがない。

沙良が考えあぐねていると、亮也がサラダを食べる手を止めて口を開く。

「あぁ、リクちゃんのことだけど、当初の予定より、ちょっとだけ治療が長引きそうなんだ」

沙良は亮也と視線を合わせたまま、瞬きをした。

「え……リクちゃん、一週間じゃ治らないんですか？」

心のなかにみるみる不安が押し寄せ、自然と肩に力が入る。

「うん。食欲があるのはいいんだけど、疱疹が消えるのに思ったよりも時間がかかりそうなんだ。少なくともひと月はみておいてほしい」

「……そうですか。わかりました。……あの、リクちゃん、大丈夫ですよね？」

亮也がにっこりと笑う。

「もちろん大丈夫だよ。俺がついているんだから、ぜったいに平気だ。昨日もそう言っただろう？　沙良ちゃんはなにも心配せずに、就活とお手伝いの仕事を頑張っていればいい」

亮也の自信たっぷりな様子に、不安が吹き飛んだ気がした。

「よかった……！」

リクちゃんには亮也がついてくれている。彼に任せておけば、きっと大丈夫だ。ほっとして、口元がほころぶ。

「沙良ちゃん――」

亮也がなにか言いかけたそのとき、絶妙なタイミングで沙良のおなかが鳴った。

グーッ、キュルルルル……

「いっ……!?」

突然のことに、沙良は目を大きく見開いて動きを止める。そして恥ずかしさのあまり身体を縮こめて、下を向いた。

「ぷっ……！　くっく……」

テーブルの向こう側から、亮也のくぐもった笑い声が聞こえる。

なんて間の悪い腹の虫だろう！　沙良は二度と鳴らせまいと、下腹に力を入れて息を止めた。だが――

キュールル……

（あぁ、もう！　最悪～）

沙良はいっそう椅子の上で小さくなる。すると、テーブルの向こうから亮也の快活な声が聞こえてきた。

「いや、笑ったりしてごめん！　おなかが鳴るのは健康な証拠だ。ほら、食べて。これから大事な面接もあることだし」

亮也に促されて、沙良は改めてテーブルに向き直った。そして、頬を紅潮させたままシリアルを食べ、サラダを口に運ぶ。

「寮を引き払うのは今日だったよね？　特に問題なく終わりそうかな？」

「はい。あとはもう荷物を実家に送るだけですから。終わり次第、夕飯の買い物をしてきます。……あ、ついでにここに飾るお花も買って帰ろうと思うんですけど、いいでしょうか？」

花の香りを嫌う人もいるし、花粉にアレルギーがある人もいるから、念のため確認をする。

「いいよ。あ、そうだ。出かける前にリクちゃんの顔を見ていく？」

「えっ、いいんですか？」

「もちろん。せっかくひとつ屋根の下にいるんだから、会いたいと思えばいつでも会いにいっていいよ。ただし、業務に支障をきたさない程度に。それでいいかな？」

「はい！　ありがとうございます」

暗い夜はさておき、これで好きなときにリクちゃんに会いにいける。

沙良は、すっかり元気を取り戻し、洗いものに取りかかった。手早く後片づけをすませ、いったん部屋に戻ろうとする。

「ちょっと待って」

後ろから声をかけられ、振り向いて立ち止まった。

亮也の目の色が、また変化していることがわかる。今の彼の目の色は、綺麗な茶褐色だ。

亮也の指が沙良の顎を捕らえ、目をじっと見つめてくる。

「な……な、なんでしょうか……」

長く続く沈黙に耐えかね、沙良のほうが先に口を開いた。

「うん、やっぱり似ている。沙良ちゃんって、そうやって見つめてくる顔が、本当にエゾモモンガにそっくりだよ。もしかして、外見だけじゃなくて性格も似てるかもしれない」

亮也曰(いわ)く、エゾモモンガは辛抱強く臆病な性格で、天敵に気づくと、危険が去るまでその場にじっとしているらしい。

「あ……それなら似てるかもです」

「やっぱり。さて、と。じゃあ、リクちゃんに会いに行こうか」

顎(あご)を持っていた亮也の指が、ようやく離れた。やっとまともに呼吸できる状態になり、ほっと息をつく。

亮也について階段を下り、一階のクリニックに向かった。

「ちょっとここで待ってて」

言われたとおり処置室で待っていると、亮也がプラスチック製のケージを持ってやってきた。

「はい、お待たせ」

「あっ、リクちゃん！」

沙良の声が聞こえたのか、リクちゃんは首をもたげあたりを見回している。

亮也がリクちゃんを診察台の上に置いた。

「ちょっとだけ待ってくれる？　先に診(み)せてもらうよ」

亮也が診察台の前にかがみ込むと、リクちゃんはピタリとおとなしくなった。そして素直に口を開ける。

沙良は亮也に指示に従い、手指を消毒して亮也の背後に立つ。

「よし、いい子だな、リクちゃん」

自分が褒められたわけではないのに、沙良の口元に微笑が浮かんだ。

「はい、おしまい。もう邪魔はしないよ」

亮也に促されて、沙良は腰を落としてリクちゃんの前に顔を出した。リクちゃんはバタバタと手足を動かし、全力で沙良に向かってくる。

「リクちゃん！」

まっすぐに近づいてくるリクちゃんを見て、沙良の胸が熱くなった。

たとえ一晩であっても、久々に別々の夜をすごしたのだ。同じ建物の中にいたとはいえ、目に見えるところにいないだけで、ものすごく心細かった。この様子からすると、リクちゃんも同じ気持ちだったのだろう。

「ははっ、すごい勢いだね、リクちゃん。よっぽど沙良ちゃんが恋しかったんだろうな」

亮也が沙良の横に並んだ。あともう少し近づけば、腕が触れ合う位置だ。

クリニックにいるときの亮也は、さっきまでの彼とはまた別の魅力を放っている。

「リクちゃん、思ったより元気そうでよかった」

喜ぶ沙良に、リクちゃんも嬉しそうに首を伸ばしてくる。

「よかったな、リクちゃん。夕べは落ち着かなくてなかなか眠れなかったもんな」

亮也は、夕べリクちゃんの様子を見に来ていたみたいだ。

リクちゃんが近づいてきた亮也に気づき、そちらを向いて大きく口を開ける。

「ふふっ、リクちゃんったら。それって、条件反射？」

せっかく口を開けてくれたのだからと、亮也は笑いながらもう一度診察をはじめた。

沙良は、リクちゃんと握手している亮也を窺い見る。口元に笑みを浮かべた彼は、リクちゃんと仲良さげな様子だ。

まだ会って間もないというのに、これほど患畜に信頼される亮也のことを、素直にすごいと思った。それと同時に、彼の患畜への真摯な態度に、心を強く揺さぶられる。

（すごいなぁ、動物のお医者さんって……。ほんと、よかったよね、藪原先生に診てもらえて）

沙良がしみじみとそう思っていると、亮也がふと顔を上げた。

「リクちゃんのヘルペスが重症化しなかったのは、沙良ちゃんが日ごろからリクちゃんのことを大切にして見守っていたからだよ。沙良ちゃんは、いい飼い主さんだ」

亮也の言葉に、沙良はきょとんとして目を瞬かせる。まさか、そんなふうに言ってもらえるとは思わなかった。むしろ、病気に関しては、もっと注意して見ているべきだったと言われても無理はないと思っていたのに。

「ありがとうございます……」

亮也の言葉は、思いのほか沙良の心に響いた。鼻の奥がツンとなり、またしても胸に熱いものが迫る。

彼は患畜の病気を診て治すだけではなく、ここへ来る動物や飼い主の内面にまで心を砕いている。

薮原亮也という人は、かっこいい上に、獣医師としても人間としても、尊敬できる人だ。

「さて、そろそろ出かける時間だろう？」

「あ……あっ、はい！」

沙良は、リクちゃんとの時間が終わることを名残惜しく思いながらも立ち上がる。亮也はリクちゃんをそっと持ち上げて、ケージに入れた。

一度三階に戻り身支度を整えて一階に下りると、亮也はすでに白衣を着ていた。

「じゃ、気をつけていっておいで。面接、うまくいくといいね」

クリニックに立つ今の亮也は、もうすっかり獣医師モードだ。

「はい、ありがとうございます。頑張ってきます」

沙良が口元を引き締めて小さく拳を握ると、亮也はにっこりと微笑んで頷いてくれた。

その完璧な笑顔に、また少し頬が赤くなる。

いいかげん慣れないと、それだけで疲れてしまいそうだ。しかしながら、ここを出るその日まで今の状態が続く気がする。

沙良はケージのなかにいるリクちゃんに手を振り、亮也に軽く会釈(えしゃく)をした。そしてドアを抜け大通りに向かう。

駅まで十分もかからないが、はじめての場所からの出発だし、念のため少し早く出ていた。

昨夜パソコンで、駅からの道をいろいろと辿ってみた結果、いくつか近道があることがわかった。帰りに寄る予定のフラワーショップは、駅近くの公園の手前だ。

(帰りは近道を通ってみよう)

天気はいいし、リクちゃんは回復に向かって治療を続けている。

沙良自身も、前進あるのみ。面接は、その大切な第一歩だ。

気を取り直したところで、なんの気なしに後ろを振り返ってみた。すると、クリニックのドアの前に亮也が立っているのが見えた。もうだいぶ離れているから、さすがに表情まではよくわからない。けれど、あれは間違いなく亮也だ。身体の向きからすると、たぶん沙良のほうを見ている。

ふと、亮也と目が合ったような気がした。

(なーんて、さすがに思いすごしかな)

彼はなにか用事があってそこに立っているだけかもしれない。だとしたら、沙良がいつまでも見ているのも変だ。そう思って正面に向き直ろうとしたとき、亮也がふいに大きく手を振った。よく見ると、手になにか持っている様子だ。

(なんだろう……ほうき？　いや、傘かな？)

いずれにせよ、この距離ではいくら目を凝らしても判別は難しい。とりあえず手を振ってもらっているのだから、それに応えなければ。

少々照れくさく思いながら手を上げようとしたとき、沙良の背後から女性の甲高い声が聞こえてきた。

「きゃっ、あれ見て！　あれって薮原先生じゃない？　見て！　こっちに向かって手を振ってくれてる！」

「やぁん、ほんとだ～！　嬉しい～！」

驚いて振り返ると、女性二人が沙良のほうに駆け寄ってくるところだった。そして、沙良のすぐそばで立ち止まり、大きく手を振りはじめる。

「薮原せんせ～い！　おはようございま～す！」

「今日の午後伺いますから、待っていてくださいね～！　きゃ～！」

それぞれが声をかけ、手を振ったり軽く投げキッスをしたりと忙しい。

気がつけば、いつの間にか沙良を含めた三人が横並びになっていた。あわてて数歩横にずれて、改めて二人の顔を窺い見る。

（わぁ、二人ともすっごい美人！　あ……そっか！　薮原先生は、私じゃなくてこの二人に手を振ってたんだ……）

そろってモデルみたいにスタイルがいい彼女たちだ。かなり遠目ではあるけれど、亮也には二人が誰であるかわかったに違いない。どうやらクリニックの常連さんみたいだし、見かければいつもこんな感じで手を振り合う仲なのだろう。

亮也と二人の美女は、互いにまだ手を振り合っている。

間違いない。今ここにいる自分は、完全にお邪魔虫だ。

（うわ～、手を振る前に気がついてよかった！）

亮也と出会ってから、どうも自意識過剰になっているみたいだ。そのせいで、あやうく大恥をかくところだった。

沙良は上げかけた手を急いで下ろし、そのままの姿勢で一歩下がる。そしてくるりときびすを返し、駅に向かって一目散に駆け出した。

（なに浮かれてるの、私ったら！）

沙良は自分をいましめ、今を限りに亮也に関するとんちんかんな勘違いをするまいと決心するのだった。

午前中の面接を終えた沙良は、その足で学生寮に向かった。

自室で着ていたリクルートスーツを脱いで、コットンのシャツとジーンズに着替える。

もともと引越す予定で準備していたから、後片づけといっても、さほど時間はかからない。

最後に管理人夫婦に挨拶(あいさつ)をして、沙良は四年間暮らした町に別れを告げた。

電車に揺られながら、流れていく景色をぼんやりと眺める。

本当はもっとセンチメンタルになっていいはずなのに、心はもうクリニックがある町に急いでいた。

(もう六時すぎか……。あれっ、なんだか曇ってきたなぁ)

クリニックの最寄り駅に着いて空を見ると、どんよりと厚い雲が広がりはじめている。

そういえば、今朝は天気予報をチェックしなかった。周りにいる人は、少なからず傘を持ち歩いている。

急いで買い物をすませて帰らないと。

今夜は煮魚にしようかな……。そんなことを思ったとき、バッグのなかでスマートフォンが震えた。亮也からだ。

「はい、小向です」

『あぁ、俺。沙良ちゃん、今どこにいる？』

耳の奥に響く優しい声に、頬がじんわりと火照(ほて)る。

「今、駅近くのスーパーに向かっています。すみません、ちょっと遅くなりました。これから買い物をして帰りますね」

亮也とこうして電話するのは二度目だ。単なる業務連絡にすぎないのに、心がやけに弾む。

『こっちは今しがた皆帰ったところだ。もうじき雨が降りそうだけど、傘持っていってないだろ。これから迎えに行くよ』

「えっ？　あ……でも、きっと大丈夫です。すぐ買い物も終わりますし。そしたら速攻で帰りますから」

仕事を終えて疲れている亮也に、わざわざ迎えにきてもらうなんてとんでもない。それでなくても、朝っぱらから迷惑をかけてしまったのだ。

『そうか？　じゃあ、気をつけて帰っておいで』

「はい、ありがとうございます」

通話を終え、ほっと一息つく。

（藪原先生、私のこと心配してくれたのかな）

沙良は、ふと実家の父親のことを思い出した。沙良が高校生だったころ、父親は少しでも娘の帰りが遅くなると、よくこんなふうに電話をしてきたものだ。

カートに必要な食材を入れながら、沙良は今朝、朝食を食べる前に起きたことを思い浮かべる。すると、みるみる顔が火照（ほて）ってきた。

「ちょ……ちょっと、もうっ！」

午前中の面接のときからずっと、キスのことは思い出さないよう、固く封印していた。それを解いた途端、怒涛の勢いで感触や感情がよみがえる。

一度思い出すと、そのときの映像が頭から離れない。

いくら記憶を拭い去ろうとしても、少し経つとあぶり出しのようにまた現れてしまうのだ。それればかりか、亮也に抱き寄せられた感触までよみがえってきた。

（なんで？　どうしてこんなに気持ちになっちゃうわけ？　だいたいなんで私、あんなふうにされて怒らなかったんだろう……）

今さらすぎる疑問が湧いた途端、すぐに答えが思い浮かんだ。

（きっと、薮原先生だからだ……。薮原先生だから、怒る気にならなかった。でも、それって、どういうこと？）

亮也のことは獣医師として尊敬しているし、人間的にもできた人だと思っている。目下のところ、沙良の雇い主であり同居人の彼は、病気のリクちゃんを安心して任せられる優しくてイケメンの獣医師だ。

そんな非の打ちどころのない好青年に、突然キスされた。

いくら患畜扱いのエゾモモンガ的存在でも、沙良にしてみればそれは一世一代の大事件だ。

亮也を前にすると、胸のドキドキが止まらない。それは、彼がめったにお目にかかれないほどのイケメンであり、それ以前に沙良がビビリの人見知りだからのはず――

それにしても、彼のことを考えるたびに口元がほころぶのはどうしてだろう？

（まさか、恋っ……？　な、なーんて……）

出会って間もない、しかも明らかに不釣合いな相手に、自分は本気で恋心を抱いているのだろうか？

自身の気持ちをはかりかね、沙良の頭のなかは混沌としていた。

会計をすませて袋詰めを終え、スーパーを出る。

空を見上げると、今にも雨が降り出しそうだ。

（買い物に時間をかけすぎちゃった。お花、どうしようかな）

フラワーショップは、クリニックへの近道の途中だ。天気の心配はあるけれど、せっかくだからやはり立ち寄ってから帰ろう。

沙良は大通りを突っ切り、公園へ続く裏通りに入った。そこは表通りとは違い、通行人はまばらだ。道の両側に昔ながらの商店が立ち並んではいるものの、ほとんどの店がシャッターを下ろしている。

「あ、雨だ……」

空を見上げると、細かな雨粒が降り注ぎはじめている。

大急ぎで花屋まで行き、店頭にあった小さな花束を買い求めた。

雨は少しずつ強くなってきている。もうのんびり歩いている場合ではない。

花屋を出てまっすぐに進んでいった先に、公園があった。そこを突っ切って行けばクリニックへの近道になるはずだが、実際に行き着いてみたら公園は周囲を石垣で囲ってあり、そう簡単には通り抜けできないみたいだ。

公園の向こう側に出るには、石垣の切れ目を抜けていかなければならない。とりあえず歩を進めたものの、その先の道が二股に分かれていた。

「えっ……。あれ？　これって、どっちに行けばいいんだっけ」

迷ううちに、それまで霧のように細かかった雨粒がかなり大きなものに変わってしまった。

（ヤバっ……。本格的に降り出しちゃった）

仕方なく、沙良はもと来た道を戻ろうとした。

持っていた買い物袋を持ち直し、右手を目の上にかざして雨粒を避ける。そして駆け出してすぐに、向かう先に黒地に黄色いライン入りのレインコートを着た男性がいるのに気づいた。

（あれって、さっきお花屋さんの前にいた人じゃなかったっけ？）

その男性がフラワーショップの正面にあるシャッターの前に佇み、うつむき加減にスマートフォンをいじっていた姿を覚えている。

すれ違うため沙良が左側にそれると、男性は同じ方向に足を踏み出した。

そして、まるで通せんぼをするように沙良の前に立ちはだかり、突然だみ声で話しかけてきた。

「なぁ、傘、ないんだろ？　俺のレインコート、貸してやろうか？　大きいサイズだから、二人で着ればちょうどいいよ」

男性はフードを目深に被っており、顔がよく見えない。

じりじりと近づいてくる彼の足元を見ると、素足に革靴を履いており、レインコートの裾から毛むくじゃらの脛が覗いていた。

怖い――！

沙良は、咄嗟に買い物袋を男に投げつけて、再び石垣の切れ目を目指して走り出した。

「痛ってぇっ！」

男性が叫ぶ声が聞こえる。続いて買い物袋が地面をこする音が聞こえ、砂利を踏んで走る足音が追いかけてきた。

「おーい、ちょっと待てよぉ！」

間延びしただみ声が、沙良の背中を追いかけてくる。

沙良は全身に鳥肌を立てながら、必死で走り続けた。とろくさく見えるけれど、実は沙良はそこそこ足が速い。呼びかけてくる声に一度も振り返ることなく走り続け、ようやく公園から抜けられた。

明るめの街灯が数メートル間隔で立っているその道路は、公園のなかより格段に明るい。ふと道の向こうから、傘を差した通行人がやってくるのが目に入った。身長や体形からして、たぶん成人男性だろう。

だみ声はもう聞こえないし、足音も途絶えている。しかし、まだ安心はできなかった。

沙良は最後の力を振り絞ってスピードを上げ、道の向こうまで走り続ける。

大きな傘を差したその人は、左手にもう一本傘を持っていた。きっと、誰かを迎えに行く途中なのだろう。それなら、きっと悪い人ではないはず。

「助けてください！　お願い……！」

沙良は声を上げその人に走り寄った。勢い余ってつんのめりそうになり、とっさに伸びてきたたくましい腕に抱きとめられた。

「沙良ちゃん？」

聞き覚えのある声に、はっとして顔を上げると、驚いた亮也の顔が目に飛び込んできた。

「や……藪原先生っ！」

「どうした？　なにかあったのか？」

亮也が、厳しい表情を浮かべ沙良の顔を覗き込む。

「お、男の人が……公園から追いかけてきて……」

肩で息をする沙良を、亮也の腕がしっかりと抱きしめた。

右のこめかみに、亮也の温かな息を感じる。

思わずそこに顔をすり寄せると、彼の唇が沙良の右目の上に触れた。

はっとしてすぐに身を引こうとするも、亮也にしっかりと抱かれており、身じろぎしかできなかった。

「もう大丈夫だ。どこも怪我はないか？」

「は……い……」

「うん、そうか。とりあえず無事でよかった——」

亮也がジャケットを脱いで肩にかけてくれた。そして、沙良の身体をいっそう強く抱き寄せる。

「怖かったな。だけど、もう安心していい」

「あ、買ったもの……」

買い物袋を投げつけたことを思い出したが、とりあえず今は帰途につくことにした。

歩きながら亮也に何度となく名前を呼ばれ、そのたびに視線を合わせる。

亮也が微笑んでくれるだけで、恐怖心は薄れていった。

五分ほどで到着したクリニックに、すでにスタッフはいなかった。亮也が施錠して、入り口の灯（あか）りを消す。

「沙良ちゃん」

　受付の内側で、亮也にきつく抱きすくめられる。

「すまない。俺がもう少し早く迎えに行っていれば……」

「いいえ……。藪原先生は、ぜんぜん――」

　亮也はぜんぜん悪くない。そう言いたいのに、身体が強張（こわば）って思うように声が出せなかった。

「俺にしがみついて。上に連れて行くから」

　言われたとおり彼の首に腕を回すと、そのまま膝裏をすくわれてその日二度目のお姫様抱っこをされた。

　階段は十分な幅があるけれど、さすがにこの状況のまま上るには少し狭い。

　沙良は亮也の腕のなかで、身体を縮こめて丸くなった。

「雨、降られちゃったな。朝、沙良ちゃんが出かけたあと天気予報を見たら、夕方から雨が降るって言ってて。それで、すぐに傘を持って追いかけようとしたら、ちょうど沙良ちゃんが俺のほうを振り返ったように見えたんだ。傘をアピールしたんだけど、気づかなかった？」

「……えっ？　あ……あれって、私に手を振ってくれてたんですか？」

てっきり美女に向かって手を振っていると思ったのに、そうじゃなかった。目当ては自分だったのだ。

「さっき電話を切った後しばらく待っていたんだけど、なかなか帰ってこないから、やっぱり迎えに行くことにしたんだ」

亮也の声は、いつもよりも低く優しい。

彼は朝、沙良が花を買って帰ると言ったのを覚えていた。そのため、もしやと思い、大通りではなくフラワーショップがある裏通りに向かったという。

階段を上りきると、沙良はそのままバスルームに運び込まれた。

「きっと濡れて帰ってくるだろうと思って、風呂を用意しといた。このままだと風邪をひくから、すぐに入ったほうがいい。着替えはあとで持ってきておくから、ゆっくり温まって出ておいで」

暖房をつけているのか、洗面所のなかはとても暖かい。

「ほんと、無事でよかった」

亮也がにっこりと微笑むのを見て、うっかり泣きそうになる。

彼が出ていったあと、沙良は急いでバスルームに入った。

広々としたバスタブには、ちょうどいい温度のお湯が張られている。沙良は手早く身体を洗って、お湯につかった。

バスタブは沙良の身長くらいの長さがあり、周りには、腰かけてくつろげるくらいのスペースもある。

大きく深呼吸をして、お湯のなかで全身を伸ばす。すると、身体がぷかぷかと浮いた。

「……やだ……なんだかラッコみたい……」

ほっと息をついたところで、突然バスルームの照明が消えて真っ暗になる。

「えっ⁉　ええっ？」

いきなりのことに、思わず立ち上がる。そしてそのまま、固まって動けなくなった。

「く、くら……暗いっ、や……ぁっ！」

恐怖のあまり小さく叫ぶ。脚ががくがくと震え、一気に寒気が襲ってきた。

「沙良ちゃん！　大丈夫か？」

洗面所のドアが開く音がして、バスルームの外から亮也の声が聞こえた。彼の声に少し安心はしたものの、依然として身体が思うように動かない。

「は……はい……」

どうにか返事はしたが、大丈夫といえる状態ではなかった。

突っ立ったまま自分の身体を抱きしめていると、ドアの向こうからぼんやりとした灯りが差し込んできた。

「街灯も消えているから、このあたり一帯の停電だと思う。こんなことはじめてだから、いつ復旧するかわからないけど、とにかく一度、上がったほうがいい。着替えを持ってくるから、少しだけ待ってて」

「やっ……藪原先生！　待って……、行かないでください！」

必死になって絞り出した声は、思いのほか小さかった。けれど、亮也はちゃんと聞きとってくれたみたいだ。

「沙良ちゃん？　どうかしたのか？」

落ち着いた亮也の声が、ドアに近づいてくる。無条件に信用できる優しさを感じて、沙良は小さく深呼吸した。

「わ……私、怖くて……。暗いのが、怖いんです。一人にしないでください……」

自分でも驚くほど声が震えている。

暗闇が苦手だと自覚してだいぶ経つが、今ほどの怖さは感じたことがなかった。

「そうか……。じゃあ、少しドアを開けてもいいかな？」

灯りが近づき、バスルームの壁を照らした。

「バスタオルを渡すから、それを身体に巻いて出てきてくれ。俺はここで待ってる。もし動けないようなら、俺が目を閉じてそこに行って、沙良ちゃんを抱きかかえて連れ出してもいい」

しゃべり続けているのは、沙良を安心させるためだろう。

沙良は身体を動かそうとしてみたけれど、恐怖心が先立つせいか、指先すら自由にならなかった。

「薮原先生……」

沙良が小さな声で呼びかけると、亮也がすぐに応じる。

「うん、ここにいるよ。だから安心して」

亮也が、ドアのすぐ向こうにいてくれる。安心だし、大丈夫だ。けれど、身体は依然として固まったまま動かない。

「すみません……。来てもらっても、いいですか？」

「よし、わかった。――じゃあ、目を閉じたままドアを開けるぞ」

懐中電灯の灯り（あか）が、直にバスルームの壁を照らした。洗面所のどこかに懐中電灯を置く音が聞こえた。それから、亮也がなかに入ってくる。

「ほら、助けにきたぞ。さて、沙良ちゃんは今どこにいるんだ？」

沙良はようやく動くようになった腕を伸ばし、彼の腕に触れた。そして亮也を、バスタブの横まで引っ張り寄せる。

「バスタブのほうにいるのか。じゃあ、このまま抱っこして連れて行ってもいいかな？」

「はい」

亮也の腕を持つ手が、小刻みに震えている。

壁にある鏡に反射した灯り(あか)が、バスルームのなかをぼんやりと照らし出していた。

「了解」

そう言って、亮也は手探りで沙良の位置を確かめた。そして沙良の身体をバスタオルで緩く(ゆる)包み、腕に抱え上げる。

「すみません。私、薮原先生に迷惑かけてばかりですね」

ようやく落ち着いて声が出せるようになったのは、亮也がそばにいてくれるおかげだ。

「大丈夫。俺はぜんぜん迷惑だなんて思ってないから。ところで、もうそろそろ目を開けてもいいかな？」

目を閉じたままの亮也が、沙良のほうを向いてにっこりと笑った。

「あっ、はい！　もう開けていいです。すみません！　私ったら、結構な重さなのに――」

暗闇とはいえ、懐中電灯はあるし、そばに亮也がいる。

ふと自分が動けるようになっていることに気づいた沙良は、あわてて亮也の腕から下りようともがく。けれど、しっかりと抱き込まれているので、ただ脚をじたばたさせるしかできない。

「暴れると落っこちるぞ。遠慮しなくていいよ。部屋まで連れて行くから。昨日みたいに丸くなってもらっていいかな？　そう言えば、あれってエゾモモンガが眠るときの体勢にそっくりだったよ」

目を開いた亮也が、沙良の顔をじっと覗き込んでくる。

さすがにこうも暗いと、目の色も黒くしか見えない。

見つめられるたびに威力が増しているように感じる彼の目は、今いったいどんな色をしているのだろうか？

「はい……。じゃあ……」

沙良は、身体を縮こめて丸くなった。その拍子に、洗濯機の上に置かれていた懐中電灯につま先が当たる。

「あっ！」

沙良が声を上げたときには、懐中電灯は床に落ちて、ゴロゴロと洗面所の外に転がっていってしまった。

「す、すみませんっ……！」

転がった懐中電灯が、廊下の壁にぶつかって止まった。幸い壊れてはいないようで、灯りは点いたままだ。

「大丈夫だよ。ほら、いい感じに転がってくれたから、部屋までは格段に行きやすくなった」

見ると、壁際から広がっている灯りが、ちょうど沙良の部屋のほうを示している。

「とりあえず沙良ちゃんのベッドまで運ぶよ。懐中電灯は俺があとで取りにいくから」

ベッドと聞いて、沙良はいつも枕元に置いている愛用のライトのことを思い出した。

「灯(あか)り、あります。枕元まで行けば、充電式のカメがいるんです。ちっちゃいけど、結構明るくて便利なんです」

「充電式のカメ？」

「……っと、じゃなくて充電式のＬＥＤライトです。タッチすると電気がパッと点(つ)いてくれる、カメの形をした携帯ライトです。私、いつもそれを点(つ)けたまま寝る癖がついていて――」

「ああ、なるほど。じゃ、とりあえずは大丈夫かな。やっぱり沙良ちゃんにはカメが欠かせないんだな。あ、一階の入院室には非常用のライトが点(つ)くから、安心していいよ」

今回のような不測の事態に備えて、クリニック内には非常用の発電装置が備えつけてあるという。

亮也に抱かれたまま、沙良の部屋に向かう。彼は身体をやや斜めにして、沙良が壁にぶつからないように気を配ってくれた。

でも、この安心感は要注意だ。今の心地よさを、恋と勘違いしてはいけない。

立て続けに起こるアクシデントが、恋心を刺激していることに、沙良本人も気づいていた。うっかりしていると、エゾモモンガ扱いでいいからずっとそばに置いてほしいとか、思いかねない。

（って、なに考えてるの、私ってば！）

沙良が一人思い悩んでいる間に、部屋の前に到着した。

「ドアを開けてくれるか？」

部屋の前で、亮也は沙良がドアノブに触れる位置まで腰をかがめる。

ドアを開けると、亮也はそろそろとなかに入り、一度立ち止まった。

さすがに部屋のなかまでは、懐中電灯の灯り(あか)は届かない。出かけるときにカーテンを閉めておいたし、停電は依然として継続中だ。

「やれやれ、笑っちゃうくらい真っ暗だな」

亮也が呆れたような声を上げた。そして、ゆっくりと進み部屋の右側にあるベッドまで辿り着く。

マットレスがきしむ音が聞こえてきて、亮也がベッドの上に腰かけたのがわかった。

沙良はそのまま、亮也のひざの上に座っている状態だ。

「は……離さないでくださいね？」

沙良はそう言って、亮也にしがみつく腕に力を込めた。しかし、すぐにそれが不適切な行動だと気づく。

「あっ……すみません……」

恥じ入って、亮也から手を離そうとした。けれど、離す前に指先が震えだしてしまう。

沙良の動揺は、亮也に伝わったようだ。

「怖いんだろう？　いいよ、ずっとしがみついていても。誰も見ていないし、恥ずかしがる必要もない」

「すみません……。慣れたところなら割と大丈夫だったりするんですけど、ここはまだ無理で、ものすごく心細くて……。本当にすみません！」

「そんなに謝らなくていいよ。それより、どこかにぶつかって、怪我とかしてないかな？」

「だ、大丈夫です」

我ながら情けない声とセリフだった。それに、よくよく考えてみれば、これはものすごくヤバイ状況ではないだろうか。入浴中という最悪のタイミングで停電になったせいで、全裸にバスタオルを巻いただけの格好で男性に抱きかかえられるという、あってはならない事態に陥（おちい）っている。

「さてと……カメはどこだ？」

亮也がベッドの上を手探りする音が聞こえる。

「えっと……ベッドの横にある棚の上だと思うんですけど……。ありませんか？」

「うーん、ちょっと見当たらないなぁ」

今朝起きたときに、確かそこに置いたと思ったのに。もしかして充電をするつもりで、どこか違う場所に移動させてしまったのかもしれない。

「そうですか……。私ってば、どこに置いちゃったんだろう……」

「少し待ってみようか。電気が点くかもしれないし。ああ、だけどこのままじゃ、沙良ちゃんが風邪を引くな。濡れたタオル、取っていいか？」

身体に巻いたバスタオルは、すっかり濡れている。

「はっ……、はいっ！」

にわかにまた心臓が暴れはじめた。バスタオルを取る、イコール素っ裸だ。

いくらブランケットや布団で身体を隠せるといっても、やはり服を着ていないというのは、ものすごく心もとない。

「いい？　取るよ」

そっと、身体に巻きついていたバスタオルを取り去られる。

「肩が冷たくなっている。ちょっと待ってて」

亮也が手さぐりで、沙良の上にブランケットをかけてくれた。そして、素っ裸の身体を包み込むと、ブランケットごと、沙良を胸に抱き寄せる。彼の腕の中で、沙良はいっそう丸くなって身を強張らせた。

さっきまで暗闇に対する恐怖ばかりに気を取られていたが、今さらながら、この状況に焦りが出る。

（どうしよう……）

急に脈が速くなり、頬が痛いほど熱くなった。

逃げ出そうにも、怖すぎて、ぜったいに無理だ。それに真っ暗とはいえ、裸で家のなかをうろつくわけにはいかないだろう。

「停電、なにが原因だろうな……。結構激しく雨が降っているみたいだし、もしかしてどこかに雷でも落ちたか？」

亮也の声が、頭の上のほうで聞こえてきた。

「復旧まで、そんなにかからないとは思うけど……。もし大規模なものだと五、六時間とかかかるかな？　いや、場合によってはそれ以上かもしれない」

「えっ？　そ……そんなに？」

「たぶん大丈夫だろうけど、もしかすると朝までこのままかもしれないな」

まだ、午後八時にもなっていないはず。もしずっと停電したままだったら、亮也と抱き合って夜をすごすことになるのだろうか？

いくらなんでもそれはまずい。沙良の心臓が持たない。

そんなことを密かに思っていると、亮也の掌（てのひら）が沙良の腰のほうに下りてくるのを感じた。

「もっとこっちおいで。暗いから恥ずかしくないだろ？　それに、寄り添っていたほうが暖かいし」

寄り添った拍子に、亮也の顎らしき部分に、額がぶつかった。

「あっ！　……すみません！　大丈夫ですか？」

驚いて身を引くと、亮也の腕がそれを押しとどめる。

「ああ、大丈夫だ。でも、あまり闇雲に動くと、ぶつかるな」

「はい……」

動いたせいで、二人の身体にわずかな隙間ができた。

すると、亮也がすぐに沙良を抱き寄せて背中を優しく撫でてくれる。

「沙良ちゃん、暗闇が怖いのはいつから？」

亮也に訊ねられ、沙良は内心ほっとして話しはじめる。なにも話さずにいると、必要以上に亮也のことを意識してしまって落ち着かないのだ。

「きっかけは、かくれんぼなんです。うちの実家、牧場を経営しているんですけど——」

「牧場か。それは興味深いな」

亮也がやや驚いたような声を出した。

「あ……でも、すごく小規模ですよ。基本うちの両親と、姉だけでやっているんです。子供のころ、その牧場の周りでかくれんぼをすることになって……」

亮也に背中を撫でられながら、沙良は暗闇が怖くなったいきさつを話した。亮也は、うんうんと頷きながら、沙良の話を聞いている。

「なるほど。そんなことがあったのか……。人間は夜行性じゃないから、暗闇に警戒心を持つのは当然のことだ。子供だと、特にね」

これまで、数人の友だちに話したことはあったけれど、ここまで細かく語ったことはなかった。

話しながら当時のことを思い出すのが怖かったし、それに思い出したことで、余計暗闇が怖くなるのではないかと恐れたからだ。

「相当怖かったんだろうな。……ごめん、嫌なこと思い出させちゃったか。震えてるよ」

「えっ？　あ……ほんとだ」

指摘されて自身の指先を重ね合わせてみると、確かに小さく震えていた。亮也が、沙良の肩をしっかりと抱き寄せる。

「本当は納屋には近づいちゃいけなかったんです。いろいろな農機具が入っているし、危ないからダメだって両親から言われていたのに……。約束を破ると、ろくなことありませんね。そのときは、すっごく怒られました。あんなに怒られたことって、あとにも先にもないかもしれません」

肩をすくめる沙良を、亮也が優しい顔で見守っている気配がする。

「沙良ちゃんの家族は、普段は優しいの？」

家族のことを思い出し、沙良の口もとに自然と笑みが浮かんだ。

「はい、優しいですし、家族皆すっごく仲良しです。特に、父と母が。私、自分の両親が理想の夫婦なんです。将来私もこうなりたいなって」

「そうか。子供にそんなふうに言ってもらえるなんて、きっと素敵なご両親なんだろうな」

「どこにでもいるような、平凡な夫婦なんですよ。外見も中身も、ほんと普通で。でも、お互いのことかけがえのない存在だと思ってるんだろうなぁっていうのが伝わってくるんです。もちろん、本人たちはそんなノロケたようなこと、ぜったいに言いませんけど」

「いいな、そういうのって。もっとご両親のこと聞かせてくれる?」

沙良は頷いて、話し続ける。

「うちの父親は、今年で六十歳になります。母親はその二つ年下で、二人は職場結婚だったそうです。父は牧場を継ぐ前は、地元の農協で働いていて、そこで母と知り合って。半年後には、もうプロポーズして結婚を決めたって言っていました。プロポーズの場所は満天の星の下で、中世の騎士みたいに跪（ひざまず）いて指輪を渡したんですって。うちの父親、結構ロマンチストなんです」

沙良はいつになくおしゃべりな自分に気づき、ふと口をつぐんだ。

暗闇は苦手だ。けれど、暗いからこそ亮也の顔が見えず、こんな状況下でも、饒舌（じょうぜつ）になっているのだろう。それに、亮也は話し上手なだけでなく、とても聞き上手だ。

「なるほど……。だいたいわかってきた。要するに、沙良ちゃんはお父さんのような人が好みなんだな？」

「ええっ!? ち、違いますよ！　父はいい人だし好きですけど、それは父親としてであって、好みというのとは違います」

「じゃあ、たとえばどんな男が好みなんだ？」

「好み……。特にこだわりはありませんけど、優しくて穏やかな人がいいかな、なんて……。だけど、案外そういう普通の人がいないんですよね。合コンに行ったりしても、一度も会ったことがないです」

「ふぅん、合コンね……。沙良ちゃんは大学時代に、結構合コンとか行ってたのか？　目的は彼氏を探すため？」

「ち、違います！　ぜんぜん、そんなんじゃありません！　友だちに誘われて何度か参加したってだけの話で――」

「何度か？　ちなみにその合コンがきっかけで付き合った男とかいるの？　もしかして、今現在付き合っている男がそうだとか？」

矢継ぎ早に質問する亮也の口調は、まるで娘を心配する父親のそれだ。

「いいえ、合コンに行っても、だいたい食べて飲んで終わりでした。それに、今付き合ってる人もいないです……。というか、誰かと付き合ったこと自体ありませんし」

「へえ……」

それから少しの間、どちらともなく口をきかず黙っていた。何も見えないなか、自分たちの立てる呼吸音と衣擦(きぬず)れの音だけが耳に届く。

なんとなくいたたまれなくなって、少しだけ体勢を変えようと身じろぎをする。すると、眉間(みけん)に温かくて柔らかなものがあたった。

え？　もしかして、唇？

無意識に顔を上げると、絶妙の角度とタイミングで、彼の唇らしきものが沙良のそれに触れた。

「え……っ……」

その唇が、徐々にしっかりと押しつけられてくる。

今唇の間に感じているのは、きっと亮也の舌先だ。

沙良は手元にあるブランケットを強く握りしめ、小さく息を吸いながら状況を把握しようとした。

ちゅくっという水音が聞こえ、沙良の唇のなかに亮也の舌先が入ってくる。

真っ暗なはずの視界に、なぜかチカチカとした眩(まぶ)しさを感じた。舌の裏をくすぐられ、思わず吐息を漏らす。

ゆっくりと食(は)むように続けられるキスは、とても優しくて静かなものだ。だけど、その奥に沙良の知らない熱や激しさを感じる。

どうしていいかわからなくなり、沙良は、金魚のように浅い息を繰り返した。

「ひ……っ、ふぁっ……」

大きく息を吸ったタイミングで唇が離れ、暗闇のなかのキスは終わりを告げた。

すごく変な感じだ。苦しくて、離れてほっとしたはずが、もう亮也の唇を恋しいと思いはじめている。

自分の呼吸音を、やけにうるさく感じた。耳の奥で、ドクドクという血流の音が聞こえる。なにも見えるものがないせいか、視覚以外の感覚が研ぎ澄まされている気がする。

「沙良ちゃん」

「はいっ！」

ふいに名前を呼ばれ、身体がまっすぐに伸びる。

「いやだったか？」

亮也が低い声でたずねてきた。

どう反応していいかわからないでいると、ふいにベッドサイドにぼんやりとした薄闇が広がった。

「あ、カメコっ——！」

灯りのほうに視線を向けると、そこには愛用の充電式ライトのカメコがいる。

「ごめん。沙良ちゃんがあんまり可愛いから、ついライトが見つからない振りをしちゃったよ。この子、カメコっていうのか。へえ、灯りは三段階から選べるんだ……。なかなかの優れものだな」

亮也がカメコの光度を最大にする。部屋全体がぼんやりと明るくなり、互いの表情もはっきりと確認できるようになった。

暗闇から抜け出せたというのに、沙良はいまだ身体が固まったまま動けずにいる。

どうやら、亮也は前からカメコを見つけていたらしい。

だけど、どうして？

それに「沙良ちゃんがあんまり可愛いから」って、どういう意味？

今まで真っ暗だったところに、亮也の顔があり、瞳がじっとこちらを見つめている。

彼の瞳の色は、これまで見たなかで一番赤味がかった琥珀色だ。

（あのときの夕日より、こっちのほうが綺麗。薮原先生って、やっぱり素敵だな……。いろいろと、ぜんぶ……）

そんな人を前に、沙良は今下着すらつけていない格好でいるのだ。ふいに湧いてきた羞恥心が、沙良の身体を熱くする。

恥ずかしくて視線を下に向けたときに、亮也が上半身裸であることに気づいた。バスルームでは白いTシャツを着ていたと思うのに、いったいいつの間に脱いだのだろう？

「あ、あの、薮原先生、シャツは……？」

「ああ、沙良ちゃんを抱き上げたときに濡れたから、さっき脱いだ」

亮也がこともなげに答える。

目の当たりにした精悍な身体を前に、目のやり場がなくて困惑する。心の焦りが、そのままダイレクトに心臓に伝わり、鼓動がやたらと速くなった。

「沙良」

「はいっ……」

突然名前を呼び捨てにされ、胸のなかに熱い火花が散った。

「今みたいに、二人きりのときは、『沙良』って呼び捨てにしてもいいかな？」

告げられたのは、予想外の言葉だった。唐突な申し出に動揺しつつ、こくこくと頷く。

「はい、いいです。呼び捨てで……。ぜんぜん、呼び捨ててもらってもかまわないです」

カメコが作り出す濃い飴色の灯りが、亮也の身体の線をくっきりと浮かび上がらせている。

（お願い……！　電気、早く復旧して！）

沙良の願いも空しく、部屋の照明は一向に明るくなる気配を見せない。

「沙良、本当に可愛い……。はじめて見たとき、どうしてだか、すごく沙良のことが気になった。それって、なんでだと思う？」

亮也の腕が、沙良の身体を改めて包み込む。

「なんで……？　た、たぶん、エゾモモンガに似ているから……？」

必死で答え、きつく唇を噛む。すると、朝噛んだところが、チクリと痛んだ。

「あぁ、ほら。しばらくの間、唇は噛んじゃダメだ。またちょっと血が出てるよ」

亮也の手が、沙良の顎を掴んだ。そして、まるで当たり前のような動作で、唇にキスをする。

驚いて無言で目を見開くと、触れ合っている彼の唇が微笑みの形をつくり、キスが終わった。

「びっくりしたその顔も、すごく可愛い。ごめん、沙良。今さらだけど、キスしていい？　それと、俺のことも名前で呼んでくれないかな？」

間近で見つめられ、またキスをされる。

「嫌？　キスと、名前の件」

唇を触れさせたままそう聞かれて、嫌だなんて言えるはずもなかった。

これまで何度か亮也に対する自分の気持ちを推し量ってみたが、出る答えはいつもあいまいだった。けれど、今沙良の心にあるのは、完全に恋心だ。

（亮也さんが好き……）

改めてそう自覚した沙良は、微かに首を横に振り、「嫌じゃない」と意思表示をする。

許可を出したあとのキスは、いきなりのフレンチキスだった。唇の隙間から入り込んだ彼の舌が、沙良の舌をからめとり、小さな水音を立てる。

「可愛いよ。沙良、本当に可愛い……」

囁いてくる声が、沙良の全身を溶かしていく。

いつの間にか、身体を包んでいたブランケットがずれて、肩や脚が露出していた。

「さっき、まだ誰とも付き合ったことがないって言ってたね？　ってことは、俺がファーストキスの相手？」

「は、はい……」

さっきは何気なく言ってしまったが、今思えば、あの告白はちょっとかっこ悪かった。ばつが悪くて下を向くと、亮也の厚い胸板が目に入る。思っていた以上に逞しい身体を目前にして、一気に顔が熱くなった。

あわてて上を向くと、今度はたちまち亮也の視線に捕まった。

「一応聞くけど、キスの先のことも、したことないよな？」

質問を投げかけてきているのに、キスを止めてくれない。いつ小休止をとればいいのかわからず、胸の高鳴りがいっそう激しくなった。

「はい……、ん、っ……」

亮也の舌が、沙良の歯列を割り、舌の根をくすぐる。

「沙良は今、俺とキスをしている。沙良は付き合ってもない男とキスをするような子じゃないよな？　恋人でもない男と、裸のままベッドで抱き合うようなこともしないだろう？　そんな不道徳なことをしちゃダメだと思わないか？」

亮也の手が、ブランケットのなかに入ってきた。

直に触れる掌が、沙良の腰を撫でる。

「お……おも……、お……思……いま……す」

ようやくそう答えたものの、すでに頭は朦朧としている。全身の肌がひりひりと熱くなり、指先が痺れてきた。

「そうだろう？　そこまでわかっているのなら話が早い。沙良と俺はもう何度もキスをしてるし、今、裸のままベッドで抱き合っている。俺たちはもう恋人同士だ。だから……沙良をこのまま抱いてもいいか？」

「こ……、だっ、だ、抱いてもって……」

いつになく押しが強い亮也に、沙良はたじたじとなった。

「ダメか？　だとしても、キスは許してくれたからしてもいいよな？」

「ぁんっ！」

亮也のキスが、沙良の唇から胸元に下がる。驚いて身体が跳ねた拍子に、ブランケットが解け、乳房があらわになった。

彼の右手が、沙良の左乳房をやんわりと覆う。掌の温かさが、じんわりと肌に伝わってきた。

「ゃ……んっ……、は……ぁ、は……」

はじめての出来事に、思考が硬直して、何も考えられなくなる。

返事をしようとしても、言葉すら紡げない。

亮也の指が、沙良の胸の先を摘んだ。そっとこねるように押しつぶし、こりこりと指の腹で嬲ってくる。

「あっ、あんっ！」

自分でも驚くほど恥ずかしい声が漏れた。これならいっそキスで唇を塞いでいてほしいくらいだ。

「沙良……、言っておくけど、俺がこんなことをするのは、沙良が本気で好きだからだ。俺は遊びでこんなことはしない」

亮也の目を見ると、薄闇のなかでも赤味がかった色に変わっていることがわかった。

もしかして彼の目の色は、光だけではなく、彼自身の感情にも左右されるのだろうか。

「ほ……ほんきで……？」

「あぁ、本気で」

亮也の口元がほころび、真っ白な犬歯が覗いた。

それに噛みつかれる自分を想像して、沙良はもうどこにも逃げられないことを悟る。

捕食されるものの甘い期待感が、沙良の胸の先を熱く痺れさせていた。

彼が乳房を持ち上げるようにこね、首筋をぺろりと舐める。そのまま喉笛に噛みつかれたら、もう一巻の終わりだ――

そんな甘くて痺れるほどの官能に、一瞬気が遠くなる。

「はじめは、ただ単純に可愛いと思ったし、困っているようだから助けてあげたいと思った。それで、実際にそうした。確かに、沙良はエゾモモンガに似ている。本当に可愛い。だけど、すぐに可愛いだけじゃないと気づいた。沙良がそばにいるだけで、自分がオスになったのを感じるんだ。言っておくけど、俺がこんなことを言うのは冗談でも、浮ついた気持ちからでもないから」

「ぁんっ……！　あ、んっ……！」

亮也のキスが、乳房の先を目指している。固く尖らせた舌先が、一足先に柔らかな乳暈に到達した。

「ひっ……ぁ、あ、亮也さんっ、あっ……」

沙良の柔らかな乳先を、亮也の舌がからめとって口に含む。

いつの間にか、ブランケットは沙良の腰骨まで下がっていた。あわてて引き上げようとするのに、亮也の手に阻まれて、余計肌が露出してしまう。

亮也が沙良の胸元で大きく深呼吸をする。

「沙良、このまま襲いかかって、ぜんぶを俺のものにしたい。自分でもコントロールできないくらい惹かれる。……たぶん、沙良が放っているフェロモンが俺を捕らえて離さないんだと思う」

「……ふぇ……フェロモ……ぁ、あ……んっ！」

「そう、フェロモンだ」

「そ、そんな……フェロモンなんて、私にはありませんっ……。友だちに言われたんです。『沙良は決定的にフェロモンがない』って。私だってそう思ってます。だから、きっと亮也さんの勘違い……ぁあんっ！」

両方の乳房を掌で掴まれ、まるでクリームを舐め取るようにして胸の先を愛撫される。鼓動が尋常じゃなく速くなり、呼吸が吐息に変わった。

フェロモンを出しているのは亮也のほうだ。それが証拠に、逃げようという気持ちすら湧かないほど、沙良は彼の術中にはまっている。

「俺が言っている『フェロモン』は、生物学で言うところの『性フェロモン』のことだよ。動物が異性をひきつけて交尾するために分泌するものだが、人間にそれがあるかどうかはいまだ最終的な結論が出ていない――。でもそんな学術的なことはさておき、少なくとも俺は今、沙良から抗いがたい性フェロモンを感じている」

　亮也のキスが、沙良の胸の真ん中に下りた。

　しばらくそこに留まっていたと思うと、ふいに掴んでいたほうの胸の先に移動し、舌をからめる。

「ぁあんっ……！　ゃ……あっ。りょう……や、さんっ、ぁあっ……！」

「沙良はすごくいい匂いがする。フェロモンは本来無味無臭だけど、五感とは違うところでちゃんと感じるんだ。はじめて会ったときから、なんとなく気づいていたんだろうと思う。そうでなきゃ、いきなり家に引っ張り込んだりしない」

　話しながらも、亮也の愛撫は止まらない。

「階段から足を踏み外した沙良を受け止めたときに、はっきりとわかったんだ。沙良は俺に対して、ものすごく強い性フェロモンを放っているって。受け取っている俺が言うんだから間違いない」

　亮也のキスが、もう片方の胸に移った。

　真っ白な彼の歯列が、沙良の硬くなった乳先を挟みこむ。

　ちゅくちゅくと音を立てて愛撫され、全身に熱い電流が走った。目の前で繰り広げられている風景が淫（みだ）らすぎて、息をするのもやっとだ。

　この年まで一人の男性も惹（ひ）きつけたことがなかった自分が、どうして今になって、亮也のような魅力的すぎる男性を誘引したのだろうか。フェロモンを感じるだなんて、もしかして目の前の獲物を捕らえるための詭弁なのでは？

そんな沙良の頭のなかを読み取ったかのように、亮也が沙良の胸の先を舌でころころと転がしはじめる。

「そうじゃなきゃ、こんな関係にならない。沙良のここをさんざん舐めまわして、沙良がどんなふうに感じるか、じっくり観察したいなんて思わないよ」

「ゃ、ああんっ……！　亮也さん……、そんなふうに、しちゃ、ゃあっ！」

「沙良……。沙良がそうやって感じれば感じるほど、俺を誘う匂いが濃厚になる。沙良の友だちがなんと言おうが、実際に俺はそれを感じているんだからどうしようもない」

「だ……、だって私、これまでモテたことなんかありませんっ」

「そうか？　だったら沙良のフェロモンは、俺だけが反応するものかもしれないな。俺はそのほうが好都合だけど」

「ひぁ……っ……」

突然左膝を掴まれ、大きく横に脚を広げられる。

はっとして動けずにいる間に、亮也の身体が沙良の開いた脚の間に割り込んできた。

「沙良、好きだ……」

「ん、っ……」

キスが唇の上に戻ってくると同時に、亮也の掌が太ももの内側を撫でさすってくる。

「沙良をもっと感じさせてあげたい。もう少し先に進んでもいいか？」

ただでさえ胸元への愛撫でとろけているのに、好きだと言われ、全身から力が抜け落ちる。

それはそうと、あともう少し視線を下に移せば、一番見られてはいけない場所を亮也に見られてしまう。いくらなんでも恥ずかしすぎるし、頭がパニックを起こしそうだ。

（こんなとき、エゾモモンガだったらどうするの？　丸くなってベッドの下に転がる？）

思考回路がショートしているのか、とんちんかんなことしか浮かんでこない。

なんにせよ、もう逃げることなんかできなかった。

今の自分は、飢えたライオンに食べられる直前の獲物だ。大きくてどっしりとした前足に胸元を押さえられて、声も出せないまま噛みつかれるそのときを待っている。

ここまで来たら、覚悟を決めよう――

亮也の指が、沙良のビキニラインに触れた。そろそろと縁を辿り、本来隠されているべき場所の手前でぴたりと止まる。

「俺は沙良のなかに入って、沙良とひとつになりたいと思ってるよ。沙良も同じ気持ちだと感じてるけど、違うか？」

「ち……、違わないです……」

亮也を好きだと思う気持ちは、一秒ごとに高まってきている。

彼に想いを告げられ、嬉しすぎてどうしていいかわからないくらいだ。

「そうか。よかった」

亮也はゆったりと微笑むと、身体に覆い被さってきた。枕の端を握っていた沙良の手指を解き、自身の肩の上に導く。

「俺は沙良が可愛くてしかたがない。本当は今すぐにでもぜんぶ奪いたいくらいだ。だけど、沙良にそんな無茶はしたくないし、できない。沙良のこと、すごく大事にしたい、って思う」

ほんの少し触れるだけのキスが、唇に何度となく降り注いだ。

「めちゃくちゃ甘やかして、とろとろにとろけさせたい。沙良を飴玉みたいに丸めて、ずーっと口のなかで舐め続けるっていうのもいいな。でも、ひと思いにパクッといっちゃいたい気持ちもあるんだ。……俺の複雑な気持ち、沙良にちゃんと伝わってるかな？」

そんな甘い言葉を聞かされ、沙良は身も心もとろけそうになっている。

呆けたように半開きになっている唇に、亮也の舌先が触れた。その柔らかな感触に酔いしれていると、唇の先を食むように甘噛みされる。

「沙良、返事は？」

「は……はいっ……。ち……ちゃんと、伝わってま——、んっ……」

返事の途中で唇を塞がれ、口の中に舌を差し込まれた。からんでくる舌が甘く感じる。

これって、現実？

それとも、至上最高に幸せな夢でも見ているのだろうか。

いずれにせよ、自分の人生のなかで、こんな瞬間が訪れるなんて思ってもみないことだった。

「じゃ、しっかり掴まってて。ゆっくり、少しずつ慣らしていこう。なるべく沙良がつらくないようにするから、できるだけリラックスして」

頷くと同時に、亮也の指が沙良の柔らかな秘唇に触れた。

「ひぁ……っ……」

意識を集中させると、今亮也が触れているところが熱く火照(ほて)っているのがわかる。そこから蜜がしたたり、双臀(そうでん)のほうへ垂れていっているのも。

まさか自分がこんなになっているとは思わなかった。

恥ずかしくて声も出せずにいると、亮也がそっと唇を重ねてくる。

「沙良、聞こえるだろ？」

最初は、再び降りはじめた雨の音のことを言っているのかと思った。だけど、そうではなかった。小さく水音を立てているのは、亮也の指にからむ沙良自身の蜜だ。

「ゃあんっ……。ぃ……あ……、あっ……ああんっ！」

亮也の手が、沙良の秘裂を縦にこすった。指の腹が蜜窟の縁をかすめ、花芯の先をこねるように嬲(なぶ)る。

いきなりの快楽に全身が震え、呼吸が大きく乱れた。

「少し指を入れるよ。最初は一本だけ。それから徐々に本数を増やしていく。本当はすぐにでも沙良を抱きたいけど、いきなりじゃあ身体がつらいだろうからね」

噛(か)んで含めるようにそう言われて、無意識に首を縦に振った。

「もう少し力抜いて……。そう、上手だ」

亮也の指が蜜窟のなかに入ってきた。思わず息が止まる。

目を見開いて身体を固くすると、亮也がふっと微笑んだ顔で唇にキスをしてきた。

「沙良は本当に可愛いな。なか……すごく熱い。どこもかしこも可愛い。沙良の全身にキスをしたい。沙良のぜんぶに俺のしるしをつけたくてたまらないよ」

「ふ……ぁ、あ、っ……！」

蜜窟のなかにある亮也の指が、少しずつ奥に進みながら沙良を内側から圧迫する。内壁を指先でこねられ、目の奥でパチパチと火花が散った。

「痛くないか？」

「へ……いき、です」

「じゃあ、もう一本指を増やすよ」

「……くっ、ぁんっ……！」

すさまじい圧迫感はあるし、力を抜けと言われても、そう簡単にコントロールできない。

亮也は少しずつ指を押し進めては様子を窺い、キスをする。そんなことを繰り返しているうち、徐々に物足りなくなって、もっと彼になかを探られたいと思ってしまう。

せっかく亮也がゆっくりと丁寧にほぐしてくれているのに、沙良のほうが焦れて、逆に催促したい気分になる。

「うん？　もっと急いでも大丈夫って顔してるな。そうだろ？」

ずばりと言い当てられ、恥ずかしくなりつい唇が尖る。

「ち……違っ……、あぁんっ！　やっ、あ……ぁ」

よりいっそう深いところに沈んだ指に、淫らな想いを暴かれてしまった。

こんな格好、亮也にしか見せられない。

自分ですら恥ずかしくてたまらない姿を、亮也はじっくりと視姦している。

「沙良の身体はどこもかしこも柔らかくて、触り心地がいいな。だけど、なかはすごく貪欲だよ。俺の指をぎゅうぎゅうに締めつけて、もっとほしいってわがままを言ってる」

「そ……んなこと、ありませっ……、んっ……、ぁ、ぁああっ……！」

臍の下を内側からこすり上げられ、身体が浮き上がった。探るようにこねられて、思考がぷっつり途切れる。

なにも考えられなくなり、沙良は声が出るままに喘ぎ、嬌声を上げ続けた。

亮也にしがみつき、二人の身体が密着したことにほっとする。

「……そろそろ俺のほうが限界かもしれない。本気で俺のものにしていいか？」

亮也に請われて、迷うことなく頷いた。本当はもうとっくにそうしてほしいと思っていたのに、さすがに自分からは言えなかったのだ。

「沙良、好きだよ。ついこの間まで顔も知らなかったなんて、信じられないくらいだ」

亮也が唇を重ねながらそう囁(ささや)く。

まさか、亮也からそんな言葉を聞けるなんて。

まさか、自分がこんな恋愛をするなんて。

亮也と出会い、気がついたときにはもう恋をしていた。

昔から夢見ていた普通に平凡にという展開とはまったく違うけれど、亮也を想う気持ちは一秒ごとに着実に増している。

「あんっ……！」

沙良のなかを愛撫していた亮也の指が、するりと抜け出た。そうされてみると、自分のそこがもう亮也の指になじんでいることに気づく。

キスの合間にふと目を開けると、亮也が避妊具の袋を破るところだった。一体いつ、そんなものを用意したのだろう。

亮也は上体を起こすと、沙良の脚の間で膝立ちになった。口元には、うっすらとした微笑が浮かんでいる。

　その顔が素敵すぎて、沙良は思わず亮也に見入った。ほんのりとした灯りのなかに、彼の筋肉がくっきりと浮かびあがる。上から見据えてくる亮也の視線がすごく淫靡だ。

　腰を下ろした亮也が、沙良の身体を視線と掌でたっぷりと堪能する。

「恥ずかしいから、あまり見ないでください……」

　蚊の鳴くような声でそう言って、うつむく。しかしその頬を、彼の掌がすくった。

「沙良は恥ずかしがり屋だな」

　亮也が小さな笑い声を漏らした。

「だっ……だって、亮也さんはすごくかっこいい身体なのに、私は……。ぜんぜん鍛えてないし、あちこちぽちゃぽちゃだし――」

「それがいいんだ。俺にとっては世界一魅力的な身体だ。すごくおいしそうだし、見ているだけで興奮する――」

「えっ？　……ぁ、んっ！」

　両脚を思いきり広げられ、秘所がすっかりあらわになる。こんな体勢をとるなんてはじめてだし、恥ずかしくて仕方がない。

　いよいよ亮也と結ばれる――

　そう思った途端、全身が硬直した。呼吸が浅くなり、瞬きがやたらと多くなる。

落ち着こうと思って深呼吸をすると、亮也がなだめるように言った。

「怖いよな。できるだけ、沙良のペースに合わせるから。無理せずに、嫌だったらすぐに言うんだぞ？」

「はい……」

自分が少しだけ泣きそうになっているのに気づいた。

けれど、それは決して否定的な感情からくるものではない。明らかに喜びや感動で、湧き起こったものだ。

「どうした？　……ちょっと急ぎすぎたかな」

亮也に指摘され、沙良ははじめて自分の全身が小刻みに震えているのに気づいた。まるで怯え切った小動物みたいだ。彼の身体が、沙良からそっと離れていく。

「ち……違います！　そうじゃなくて……私、今すごくドキドキしていて……」

今言わなければ――

沙良は、亮也の目を見つめながら、自分の気持ちを彼に伝えようと躍起になる。

亮也に自分自身の正直な気持ちを伝えなければ。

「亮也さん……。私も、亮也さんのこと、好きです。会って間もないけど、好きになってしまいました。でも、こういうのってはじめてで……。それに、今、亮也さんとこうしていられるのがすごく嬉しくって……」

亮也が目を大きく見開く。アーモンド型の目尻が下がり、口元に嬉しそうな笑みが浮かんだ。

「沙良。沙良と気持ちが通じ合えて、すごく嬉しいよ」

「ぁ……っ……、亮也さんっ……」

腰を持ち上げられた拍子に、視線が自分の下半身に向いた。視界のなかにぼんやりと見えてきたのは、自身の秘所の柔毛（じゅうもう）と、亮也の屹立（きつりつ）だ。

急いで視線を上に向けると、亮也の視線とぶつかる。

たった今目視した彼のものが、秘裂の溝（みぞ）をそっと割り込んできた。

「ひっ……」

驚いて出した声が、まるでしゃっくりみたいだった。もっと可愛らしい反応ができたらよかったのに、我ながらなんてムードのない女だろう。

亮也が、小さく笑い声を上げる。

「沙良。ありえないくらい可愛いよ。でも悪いけど、もう我慢できそうもないな――」

顔を真っ赤にしたまま亮也を見ると、キスをされ腰を軽く引き寄せられた。

次の瞬間、彼の屹立（きつりつ）が沙良の蜜窟に少しだけ入ってきた。

「あんっ……ぁんっ……！　ぁあっ、あああっ……！」

怖いという感覚はなかった。

亮也に組み敷かれ、ただ必死になって彼を受け止めている。

沙良は夢中で亮也の背中にしがみつき、つま先を彼の腰にからめた。

「りょう……やさん……！　ん……っ、あ……、ぁああっ！」

まるで大きくて熱い杭を打ち込まれたみたいに、腰骨が軋み下腹部に鈍痛が走る。どこにも持って行きようがない熱が蜜窟のなかに宿り、甘やかな期待が沙良の胸に湧き起こった。

熱に揺らめいている視界の先に、亮也の顔が見える。沙良が唇を震わせると、彼はすぐにキスをくれた。

沙良を見る目がたとえようもなく強く、圧倒的なオスを感じさせる。彼に魅入られ、はじめてにもかかわらず、もっと奪われたい、すべて食べつくされてしまいたいとさえ思った。

そんなふしだらな考えを抱きながら、沙良は亮也を見つめ続ける。

「焦っちゃダメだ。最初は少しずつな」

亮也が唇にそっとキスをし、左乳房をやわやわと揉む。きっと掌を通して、胸の高鳴りが彼に伝わっているだろう。

指の間に乳先を挟まれ、軽く締めつけられた。

「ゃあ……っ……。亮……ん、んん……っ」

亮也の手が沙良の乳房を離れ、身体の線を下りて恥骨の上で止まる。指の腹で花芯の位置を探り、そこをゆっくりと撫で回す。

「あああっ……！　あんっ！　ゃあああんっ！」

全身に電流が流れ、蜜窟がぎゅっと窄まったのがわかる。喘ぐ唇に緩くキスをされて、無意識にそれに応えた。

唇が唾液でぬめる感触が、ひどく淫らだ。

もっと亮也と交わりたい。今以上に彼に入ってきてほしい。もっとずっと、奥まで――けれど、そんなはしたない懇願ができるはずもなかった。

「亮也さんのほうこそ……フェロモン……だだ漏れですっ……」

明らかに焦れている沙良を見て、亮也が余裕の笑みを浮かべる。

「そうか？　それも仕方ないな。だって俺は沙良と結ばれたいと願っているんだから。今後はもっと沙良に対して性フェロモンを出せるよう努力してみるよ。さて……、今日はここまでにしておこう」

そう言って、彼は沙良のなかから抜け出た。

「えっ……？　でも……」

てっきりもっと激しく抱かれるのだと思っていた。だって、ほんの少し挿入してじっとしていただけだ。映画で見たような、濃厚なベッドシーンはまだこれからではないのだろうか。

もしかして、なにかとんでもない粗相をしてしまった？　そのせいで亮也が気を悪くして途中で止めてしまったのだろうか。

おろおろと焦り、不安な気持ちを抱えたまま亮也を見つめた。

「どうした、そんな顔して。聞きたいことがあれば遠慮なく言ってごらん。そうすれば、お互いすっきりするし、勘違いや誤解をしなくてすむだろう？」

それもそうだ。不安なことがあれば、口に出して伝えたほうがいいに決まっている。

「……どうして最後までしないのかなって。私、ダメでしたか？　亮也さんになにか変なことしてしまいましたか？」

亮也が、おもむろに沙良と唇を合わせる。誘われるままに舌をからめるうち、また呼吸が荒くなった。

「沙良は、ほんっとうに可愛いな。心配しなくても、沙良はおかしなことはなにもしてない。ただ、あまり急ぎすぎると沙良の身体への負担が大きくなると思ってね。大事な沙良に、つらい思いはしてほしくないんだ」

「そ……そうですか……。あ……ありがとうございます……」

亮也の優しさに、胸がじぃんと熱くなった。そんな亮也に対して、自分はなんて破廉恥なことを言ったのだろう。

沙良の顔が再び真っ赤になる。

（あれじゃあまるで「全挿入」を催促しているみたいだったし……！）

自分の恥じらいのなさに、心のなかで地団太を踏んで唇を噛む。

「なにジタバタしてるの？」

自分では気がつかなかったが、沙良は実際に脚をばたつかせていたみたいだ。

「な、なんでもないです！　……自分のダメっぷりにちょっと愛想が尽きちゃっただけです」

沙良ががっくりと落ち込んだとき、部屋の照明が点灯した。

「あ、点いた」

二人同時にそう口にして、天井を見上げる。

沙良は亮也よりも一瞬早く視線を戻し、大あわてでブランケットをたぐり寄せた。ベッドから悠然と身を起こした亮也が、ヘッドボードに手をかけて、窓のカーテンを開く。

「うん、どうやら復旧したようだな」

「そ、そっ……そ……ですか……」

至って冷静な亮也に比べて、沙良は息もたえだえといったか細い声しか出ない。

「よかったな。もう大丈夫だ」

亮也のキスが、沙良の唇に降りる。

停電前は雇用主と被雇用者。しかし、停電後はれっきとした恋人同士になっていた。怒涛の展開に頭がついていかないけれど、亮也とこうしていられることを、心から嬉しく思う自分がいる。

「じゃあ、俺は患畜の様子を見てくる。沙良はもう一度風呂に入って、ちゃんと温まったほうがいい」

そう言い残すと、亮也は部屋の外に出ていった。脱ぎ捨てたものはぜんぶ手に持っているから、当然彼はなにひとつ身につけていない。

歩み去る後ろ姿が、まるでダビデ像だ。

(うわ……かっこよすぎ!)

一人になった沙良は、ベッドに横たわりながら本格的に地団太を踏んだ。

夢かと思って頬をつねってみるが、どうやら夢ではないらしい。

「……っつつ……」

脚の間には、まだ亮也の余韻が残っている。ブランケットに包まって、ベッドの上で丸くなった。

「彼氏……できちゃった……。夢じゃない、リアルで……」

ありえないほどにやけている自覚がある。

突然やってきた運命のうねりが、沙良の人生グラフの線を一気に頂点まで押し上げていた。

＊＊＊

それからも、沙良は忙しく就活を続けた。以前から申し込んでいた会社の面接を受け、セミナーにも出かける。

それが忙しくて、亮也のところのお手伝いをするといっても、実質朝晩の食事の用意と掃除洗濯以外のものはできていない。

ちなみに、これまでのところ受けた先は全滅している。

三月もいよいよ明日で終わり、沙良は大学生ではなくなるのだ。

「はぁ……」

出るのはため息ばかり。

亮也との仲は、あれ以来進んでいない。決して悪い方向にいっているわけではないけれど、お互いに忙しくて、食事もろくに一緒にとれないのだ。

それに、沙良自身が照れて、なんとなく亮也を避けてしまっているというのもある。好きだと言ってくれた気持ちを疑うつもりはないけれど、どうしても不思議に思ってしまうのだ。

――なぜあれほどの人が、特に美人でも才女でもない自分を？

一度ゆっくり聞いてみたいと思うものの、その時間も勇気もないまま、日々がすぎていく。

今日、三月最後の木曜日は、亮也が学会に出席するため、クリニックは一日休診になっている。

昨日寝る前に、今日は食事はいらないと言われていた。朝一で、地方から出てくる獣医師仲間と合流し、夜まで付き合う約束をしているらしい。

沙良はせめて朝の挨拶（あいさつ）だけでもしようと思っていたが、起きたときにはすでに亮也は出かけたあとだった。

学会などで亮也が不在のときは、クリニックは臨時で休みになる。入院中の患畜（かんちく）がいる場合は、必要に応じて看護師が出勤したりするけれど、今入院しているのはリクちゃんだけだ。

結果、亮也の判断のもと、今日は沙良が一人で留守番することになった。

手早く朝食をすませ、早々にクリニックの掃除に取りかかる。掃除といっても、医療機器や診療に関するものにはいっさい触ることはできない。

一階の掃除を終えたとき、スマートフォンにメールが届いた。

受信フォルダを開くと、昨日受けた会社からのメールだ。開けてみて、がっくりと肩を落とす。結果はまたしても不採用だった。

「あぁ……、ダメだったか……」

大きくため息をついて、天井を見上げる。

また一から出直しだ。

実家になんと報告しよう？

ありのままを話せば、もう諦めて帰ってこいと言われかねない。亮也と恋人同士になった今、東京を離れるわけにはいかないのだ。

「本当にどうしよう……」

田舎が嫌なわけではない。ただ、一度は自分だけの力で生活してみたいと思う。とにもかくにも、今は職を得て、家族を安心させなくてはならない。

できれば、もうこれ以上嘘はつきたくなかった。できるかぎり正直に話して、その上で両親や姉たちを納得させるにはどうしたらいいのか――

沙良は入院室に入り、リクちゃんの個室の前に向かった。

リクちゃんは、おとなしく眠っている。

「リクちゃん……。いい先生に出会えてよかったよね。あれだけのイケメンだし、はじめはちょっと……ううん、かなりビビったけど、今は心からよかったと思ってる」

沙良の気配に気づいたのか、リクちゃんがパッチリと目を開けた。そして、こちらに向かって歩いてくる。

「あ、リクちゃん。起こしちゃった？　ごめんね」

リクちゃんが嬉しそうに前足の爪でケージをかく。すぐ横の壁に、容態や食事に関するメモ書きが吊るしてあった。今日の日付の横に「流動食」と書かれている。

「リクちゃん、もうごはんもらったんだね。亮也さん、朝早かったのにちゃんとリクちゃんのこと診てから出てくれたんだなぁ……」

沙良が言っていることを理解したのか、リクちゃんが伸ばしていた首をゆっくりと下におろした。

沙良はしっかり手を洗ったあと、リクちゃんを注意深くケージから取り出した。ほかの患畜に触れることは許されていないが、リクちゃんだけは、少しなら触ったり外に出したりしていいと言われているのだ。

浅いケースに入れて部屋の隅にある台の上に乗せると、リクちゃんが首をにゅーっと伸ばしてくる。沙良はその前にしゃがみ込み、同じように首をリクちゃんのほうに伸ばした。

「リクちゃん、具合はどう？　亮也さんは経過は良好だって言ってたけど」

クリニックで働くことになったとはいえ、動物に関する資格など何も持っていない沙良だ。手伝おうにも、掃除や後片づけしかできない。

自由に出入りしてもいいと言われてはいるが、診療の邪魔になるためそうそう顔を出したりはしなかった。

「リクちゃん、ごめんね。私、何もしてあげられなくって……」

ここへ来る前は、こんなふうに考えたことなどなかった。ペットが病気になれば、動物病院に連れて行き医者に診てもらえばいいと、そう思っていた。

リクちゃんのことは、もはや家族同然に思っている沙良だ。だが、たとえば風邪を引いたからといって、人間に対するケアと同じことをすればいいわけではない。的確な診断をし、治療にあたるのは獣医師の仕事であり、沙良は、それを見ていることしかできなかった。

「……リクちゃん。私はこれからどうしたらいいかな……」

リクちゃんが沙良の顔をじっと見つめて、僅かに首を傾げる。

「リクちゃんも考えてくれているの？　うん、じゃあ私も、もう一度よく考えてみるね」

ケースの前に本格的に居座り、沙良はリクちゃんとは反対の方向に首を傾げる。すると、リクちゃんが沙良の真似をして、違う方向に首を持っていった。

そんなことをして遊んでいるうち、ふと思った。

（そうだ……。動物看護師になるっていうのはどうだろう？）

沙良はビビリだけど、動物に対してはそうではない。人見知りはするが、動物なら平気だ。

今回亮也やスタッフの人たちと知り合って、その仕事内容を改めて知ることができた。亮也の患畜(かんちく)に対する真摯(しんし)な姿勢に感銘を受けたし、スタッフの人たちの仕事ぶりを見て、自分も患畜(かんちく)のためになにかできることがあれば、と思ったのも確かだ。

しばらく遊んだあと、リクちゃんをケージに戻す。そして沙良は、母親に電話をした。

リクちゃんに関する一連の出来事と、それをきっかけにしてお世話になった動物病院で働くことになったと報告をする。

「それでね、お母さん……。私、そこで働きながら、動物看護師の資格を目指そうと思うの」

『ええっ？　沙良、あんたなにをいきなり――』

沙良は母親に、自分がこのクリニックで目にしたことや、自分の心に湧き起こった思いについて話した。

電話は、その後母親から父親に代わり、沙良はそれぞれに今思う自分の素直な気持ちを伝える。

『……そうか。沙良がそこまで言うのなら、頑張ってみなさい。お父さんたちは心から応援するし、沙良ならきっとやり遂げると信じてるぞ』

沙良の頭に、両親の日に焼けた笑顔が浮かぶ。二人とも穏やかな性格だが、母親は少しあわて者で、父親はどっしりとして物事に動じないタイプだ。沙良は、そんな両親のもとで伸び伸びと育ったことを、心から嬉しく思った。

「ありがとう、お父さん。お母さんにもそう伝えて。じゃあ、また連絡するからね」

通話を終えて三階の自室に戻った沙良は、早速パソコンを開き、自分の将来のために必要な情報を集めはじめた。

それはそうと、動物看護師になるのはいいが「ここで働きながら」というのは、両親を安心させるために咄嗟に口から出た言葉にすぎない。実際には、亮也の許可がなければ実行不可能なことだし、受け入れてもらえるとは限らない。

(それに、いくら恋人同士でも、ちょっとずうずうしいよね)

いずれにしても、いったい、いつどうやって話を切り出せばいいのだろう?

沙良は、今さらながら自分の言ったことに振り回されて、思い悩んだ。

＊＊＊

三月最後の日。沙良は朝早くからキッチンに立っていた。

今日を限りに学生ではなくなるが、いざその日を前にしても、特に何をどうするわけでもない。

面接の予定などもなく、久しぶりに落ち着いて朝食を作っている。

大学に進学するにあたって、沙良は母方の祖母に料理をみっちりと教えてもらっていた。沙良が実家を出ても充実した食生活を送れるようにという、両親の思いゆえだ。料理をマスターすることが、実家を出るのを許す条件ともなっていた。

そういうわけで、沙良は料理はひととおりこなせる。

だからといって、さほどこだわりを持っているわけではない。出汁（だし）はただ水に漬け込むだけの水出汁（だし）が主だし、粉末のものだって使う。

「料理は苦行じゃないんだから」

祖母はそう言って、沙良に料理を教えてくれたものだ。

祖母直伝（じきでん）のため、いまどきのおしゃれメニューはあまり得意ではなく、好んで作るのは昔ながらの和食がメインだ。

「これでよし……っと」

亮也の起床時刻は、午前七時半くらい。彼が起きてくるまでに、あと五分はある。

沙良は急いでキッチンを出て、洗面所に向かった。

「もう、なにこれ」

鏡を見ると、右耳の上の髪の毛がはねている。急いで直そうとしたとき、亮也の部屋のドアが開く音が聞こえた。仕方なく髪をゴムで束ねて、キッチンにかけ戻る。

亮也はいったん自室にもどったのか、キッチンに彼の姿はなかった。沙良は急いで朝食の皿を並べ、亮也を待つ。

「おはよう。あぁ、いい匂いだ」

やってきた亮也は、上半身に白い襟なしのコットンシャツを羽織っていた。上のボタンはふたつ外れたまま。穿いているのは、黒いルームウェアだ。

「おはようございます。すぐに食べられますよ」

ブランドものには疎い沙良でも、亮也のウェアに記されたロゴで、それが高級品であることはわかった。

シャツがひるがえり、ちらりとわき腹が見える。

（かっこいい……っ。あんなところにも筋肉がつくんだ）

男性の身体をこれほどじっくりと見たことなんかなかった。

（おへその周りまで筋肉がついてた……）

沙良は無意識に自分のおなかに手をやる。そこに筋肉なんていうものは、ほぼ存在していない。

「今朝はやけに俺のことを見るね。身体が気になる？　なんならぜんぶ脱ごうか？」

亮也に言われ、はっとして顔を上げる。

「ゃ、いいです！　す、すみません！　つい、見惚れちゃって……」

歩み寄ってきた亮也が、沙良の手を取って自分のわき腹の上に置いた。

「聞きたいことがあったらなんなりと聞いて。ちなみに、ここの筋肉は腹斜筋。クランチやサイドエルボーブリッジで鍛えると効果的だ」

亮也の手に導かれて、ボコボコとした筋肉の凹凸を撫でる。

「うわ、硬いっ！　すっごく硬いですね。私なんかほんと、ぷよぷよのへにゃへにゃなのに」

「うん、知ってるよ。沙良のぷよぷよでへにゃへにゃのおなか」

いきなり伸びてきた指に、ちょんとわき腹を突かれた。

「ひゃいっ⁉」

我ながら妙な叫び声を上げて後ずさる。亮也が、大きく口を開けて笑った。

「やっぱり可愛いよ、沙良は」

ハンサムな顔が、笑うとくしゃくしゃになる。そんな彼の笑顔に、沙良はまたしても視線を奪われた。

（なんて素敵に笑うんだろう……。もう、反則だよ）

こんな顔を見せられたら、誰だってぜったい好きになってしまう。

現に沙良は、メロメロだ。

二人そろってテーブルにつき、いただきますを言う。亮也が最初に手をつけたのは、たけのこと菜の花の味噌汁だ。

「うん、うまい」

一口飲んで、亮也が目を見開いた。

「沙良はほんと、料理上手だな。沙良のお母さんもそう？」

「はい。でも、私にみっちり料理を教えてくれたのは母方の祖母です」

沙良は、料理をおぼえることが東京の大学に進学する条件のひとつだったことを話した。

「寮には台所がついていて、結構皆自炊していたんです。だけど、やっぱり一人だと味気なくて。よく寮の仲間と一品ずつ持ち寄って、誰かの部屋で食べたりしていました」

持ち寄る料理はさまざまだったが、そこはやはり若い女の子たちだ。パスタやシチューといった、洋風の料理が多く並んでいた。そんななか沙良は、一貫して和食メニューを作って持っていっていた。

「友だちに、沙良は和食担当ね、って言われていたんです。祖母が教えてくれたのは基本田舎(いなか)料理だったんですけど、皆たまにはそういうのが食べたいって」

今朝味噌(みそ)汁のほかに作ったのは、ほうれん草の白和(しらあ)えと、アジのみりん干しを焼いたものだ。

「うん、友だちの気持ちわかるな」

亮也が頷きながら、白和(しらあ)えを口に入れた。沙良はその様子を見守りつつ、上の空で箸(はし)

を動かし続ける。

（笑顔も素敵だけど、食べる姿も同じくらい素敵……）

まず、食べっぷりがいい。

箸の持ち方も綺麗だし、なによりおいしそうに食べてくれるのが嬉しかった。

亮也と食べるのははじめてではないが、これまでは恥ずかしさが先立ってしまい、さほど彼を見ることができずにいたのだ。

今だって十分恥ずかしいけれど、ともにすごす時間が多くなるにつれて、だいぶ慣れてきてはいる。

それに、仮にもキスをしたりベッドインしたりする仲なのだから――

（って、でも本当のところどうだろう？）

完全にではないにせよ、沙良は確かに亮也と結ばれた。次の日は歩くのにも苦労したし、彼が入ってきたときの衝撃は今もありありと覚えている。

（だけど、全部じゃなくて、ちょっとだけだったんだよね）

沙良の身体への負担を考え、亮也は行為を途中で止めてくれた。実際、亮也はどこまでなかに入ってきてくれたのだろう？

「ん？　どうした。なにか聞きたいことがあるって顔しているけど」

「えっ？　え、え……まぁ……」

亮也は聞きたいことがあれば遠慮なく言えといった。そうすれば、お互いすっきりするから、と。けれど、これは聞くにはなかなか勇気がいる。

「いいよ。なんでも聞いてくれて」

「あ……はい。じゃあ……聞きます。あの……このあいだのことなんですけど……。亮也さんはどこまで……、その……そ、そ、挿入できたのかなって――」

「ぐっ……、んん……」

亮也がむせて、胸を拳（こぶし）でドンドンと叩く。

「すみませんっ、大丈夫ですか？　私、変なこと聞いちゃいましたよね？　すみません！」

あわてて身を乗り出して、亮也にミネラルウォーターが入ったコップを差し出す。

いくらなんでも朝食の席で言うようなことではなかったし、聞くにしても、もっと違う聞き方があっただろうに。

（もう！　私ったら、口に出す前に考えようよ……）

沙良の懸念をよそに、亮也が大きな声で笑いだした。

「いや、いいんだよ。……うーん、そうだな。全体の長さで言うと五分の一……いや、六分の一くらいかな？」

亮也が笑いながらあっけらかんと言う。

「え！　たったそれだけ――」

ついそう言ってしまい、咄嗟に口を押さえたけれど、もう遅い。

「うん、まだたったそれだけ。そのうち更新予定だけどね。……ん、これ、なんて料理？　すごくうまい」

「……っと、ほうれん草の白和えです。食べたことなかったですか？」

「どうかなぁ。少なくとも、こんなにおいしいと思って食べたことはなかったかな」

「あの、なにか食べたいものがあれば言ってください。洋食でも和食でもいいです。私、頑張って作りますから」

「ありがとう。また考えておくよ」

亮也が気を利かせてくれたおかげか、話題は無事違う方向に流れた。

後片づけをすませ一階に下りると、すでに中村が来ていた。

「あら、おはよう。昨日は一人で留守番、大丈夫だった？」

中村と軽く話をしつつ、今日の準備をはじめる。すると中村が、持っていたバッグから大き目のタッパーを取り出した。

「これ、豚肉の味噌漬け。私の実家から送ってきたのよ〜。先生ったら、火は一切使わないからって、これまでは調理が必要なおすそ分けはＮＧだったの。でも、今は小向さんがいるから大丈夫ね」

「うわぁ、おいしそう！　どうもありがとうございます！」

その優しさが嬉しい。

人見知りの自分がここまで打ち解けているのは、ひとえに亮也やここで働く人たちの人柄のおかげだ。

「ふふっ、そうしていると、なんだか先生のお嫁さんみたいねぇ。いいわねぇ、どう？　もしその気があるのなら協力するわよ～」

「えっ！　あ……、そ、そんな――」

大いに照れまくったところで、亮也がとおりすがった。彼はすでに白衣に着替えている。

「小向さん、今日の予定は？」

「はいっ、今日は特になにもありません」

「そうか。実は今しがた小山さんから連絡があって、ぎっくり腰で動けなくなったそうだ。急で悪いけど、今日はクリニックのほうをメインに手伝いをしてもらえるかな？」

「あ、はい！　わかりました」

沙良は大急ぎで三階に行き、もらった味噌漬けを冷蔵庫にしまった。そして、渡された看護師の制服に着替えて、手書きのネームプレートを胸につける。

牧場育ちとはいえ、患畜(かんちく)の世話に関してはド素人(しろうと)の沙良だ。名前の上には「見習い」の文字が加わっている。

動物看護師になる――

リクちゃんが病気になり、ここで亮也に出会ったことをきっかけに、沙良は自分の目指す道を決めた。

自分でも驚くほど急な展開だけど、もしかするとそうなるべくしてここに来たのではないのか、とさえ思う。

牧場育ちの自分がこれまで動物に関する職業に就くという選択肢を持たなかったことを、今となっては不思議に思うくらいだ。

そうして、沙良の動物相手の一日がはじまった。

——といっても、午前中は沙良が動物に触れることはほぼなかった。

診療自体は経過観察などが主で、途中急患でウサギがやってきて、ちょっとあわただしくなったくらいだ。

その後も診療が続き、片づけなどすべてを終えたときにはもう午後一時を回っていた。

中村が昼食のため外出し、沙良も着替えをすませる。そしてリクちゃんの様子を見たあと、先に三階に上がった。

「昼は手っ取り早く食べられるものがいいな」

亮也のそんなリクエストに応えて、メニューは丼ものにするつもりだ。

「なにがいいかな……。鶏肉と豚肉があるから、親子丼か……豚の生姜（しょうが）焼き丼なんてどうかな」

もう昼もだいぶすぎているし、さっきからおなかがなりっぱなしだ。

エプロンをつけ、急いで調理に取りかかった。

踏み台を見つけて買ってきたので、調理台も今はちょうどいい高さになっている。しかし、ちょこちょこと上がったり下りたりを繰り返すうち、足を踏み外して尻餅をついてしまった。

「……び……びっくりしたぁ！」

幸いさほど痛みはなく、急いで立ち上がって調理を再開する。

かなり大きな音を立ててしまったけれど、さすがに一階には届いていないだろう。

途中、下から内線が入り、もう一匹急患が来院したと言われた。やってきた患畜は常連の老猫らしく、毛玉をうまく吐けないのだという。

結局、亮也が昼食にありついたのは、午後の診療がはじまる十五分前だった。彼はテーブルに着くなり「いただきます」を言い、すぐに食べはじめた。

その勢いといったら、まさに体育会系の食べっぷりだ。

沙良は唖然としながらも、その姿にうっとりと見入る。

（うわぁ……。なんで食べているだけなのに、こんなにかっこいいの……）

大きく口を開け、力強く咀嚼して呑み込む。僅かに寄せられる眉根や、上下する喉仏に目が釘付けだ。

「あ～、うまかった。ごちそうさま」

あっという間に食べ終えた亮也は、出されたお茶を飲みながら満足そうにため息をついた。けれどすぐに、あまりに早く食べ終えたことに気づいたようだ。

「……ごめん、悪かったね。せっかく作ってくれたものを五分で平らげちゃって」

亮也が決まりが悪そうな表情を浮かべる。沙良はあわてて首と手を横に振った。

「いいえ！　そんなことないです。すごくおいしそうに食べてもらったし、ほんと、ぜんぜん！　むしろ、いいもの見せてもらっ……、いえ、その――。あ、よ、夜はクリームシチューにしようかと思っているんですけど、大丈夫ですかっ？」

余計なことを言いそうになり、声が裏返ってしまった。

顔を赤くする沙良を見て、亮也がほがらかに笑う。

「あぁ、大丈夫だよ。いいね、クリームシチュー。外では食べたことあるけど、家で食べることなんかなかったから」

「そうですか。よかった――、っん……」

ふいに伸びてきた手が沙良の後頭部を引き寄せ、唇が重なる。

「沙良といると、面白いよ。ほんと、飽きない。――じゃ、午後も頑張ろうか。後片づけ、任せちゃっていいかな？」

亮也が微笑みながら席を立つ。

「は……はいっ！　もちろんですっ」

沙良はそそくさと立ち上がり、食器を持ってキッチンに向かった。入り口のドアが開く音に続いて、閉まる音が聞こえる。

すぐに終わった、短いキス。

けれど、沙良の頭のなかでは、心臓が早鐘を打つ音が鳴り響いている。

しばらくして沙良が一階に下りると、午後の開院まであと数分となっていた。

「今日の予約は、さほど難しい患畜はいないから安心してね～。むしろ、飼い主さんのほうが難しかったりするかも」

中村は、おどけたふうに肩をすくめ、シャッターの開閉ボタンに指を置いた。

「さぁ、薮原アニマルクリニック午後の部、開院ですよ～。……あら、こんにちは」

中村がドアを開けた途端、二人の女性が我先にとクリニックに入ってきた。

一人は丸々と太ったトイプードルを、もう一人のほうは真っ白なペルシャ猫を抱っこしている。

「あら？　あなた、この前ここへ来てたカメの飼い主でしょ？　どうして白衣なんか着てるの？　そのネームプレートなに？　見習いってどういうことよ？」

いきなり質問をあびせられ、沙良はたじたじと後ずさった。

よく見ると、猫を抱いたその女性には見覚えがある。

どうやら、リクちゃんを連れてここへ来たときに待合室で同席した人のようだ。

「ちょっと、なにそれ。聞き捨てならないんですけど。中村さん、どういうこと？　こって既婚熟女しか採用しないって言ってたじゃない」

トイプードルの飼い主もさっそく参戦してくる。

「まぁまぁ、お二人とも落ち着いてくださいね～。これにはちょっと事情がありまして――」

不穏な雰囲気に、中村が満面の笑みを浮かべて沙良の前に立ちはだかる。

「小向さん、処置室の準備をお願いね～」

はやくここを離れるようにという中村の指示だ。沙良は奥にある廊下を通って、処置室に入った。

部屋の真ん中にはブルーの診察台が置かれており、壁際にはいろいろな医療機器が並んでいる。どうしていいかわからずに診察台の横で棒立ちになっていると、入院室のほうから亮也が歩いてきた。

「あれ？　中村さんは？」

「あ……、飼い主さんとお話し中です」

「ふぅん。まぁいいや。『A』の部屋で高田さんちのジュリエッタちゃんにワクチンを投与するから、手伝ってもらえるかな」

「は、はいっ！」

とうとうきた！　リクちゃんを除けば、実質これがはじめて患畜（かんちく）とふれあう機会になる。

（頑張ろう。せめて邪魔にだけはならないように……）

沙良は一人密かに拳（こぶし）を握り、自分に気合を入れた。

処置室には、すべての診察室から廊下を通らずに行けるつくりになっている。

しばらくすると、「A」の部屋の入り口に中村が顔を出した。

「先生、高田ジュリエッタちゃんお願いします～」

中村の声に続いて部屋に入ってきたのは、白いペルシャ猫を抱いた女性――高田だ。

彼女はにこやかな顔で処置室に入ってくる。

「先生～、今日もよろしくお願いします」

高田は、亮也に向かって甘えたような声を出す。表情も柔らかく、さっき沙良に詰め寄ったときとはまるで印象が違っていた。

「はい、よろしくお願いします。ジュリエッタちゃん、ちょっとごめんよ。小向さん、ジュリエッタちゃんをしっかり押さえていて」

「はい、わかりました」

沙良は物心ついたころから実家の牧場の手伝いをしていたので、自分では動物に慣れているつもりでいた。しかし、ここは動物病院だ。動物たちにとって、いくら優良獣医師がいる通いなれたクリニックとはいえ、非日常であることに変わりはない。沙良が動物慣れしているといっても、警戒心をあらわにしている患畜の相手は難しい。

沙良は、にわかに焦りを感じた。そして、そんな沙良の緊張を敏感に察知し、ジュリエッタちゃんも警戒心をあらわにする。

「シャーッ！」

突然、ジュリエッタちゃんが威嚇の声を上げる。

（落ち着いて……。ビビらない、ビビらない……）

こんなことで萎縮していては、動物看護師になどなれないだろう。

沙良は努めて平常心を保ち、ジュリエッタちゃんの背中をなでた。

「にゃああ」

沙良が触れた途端、ジュリエッタちゃんが不機嫌そうな声を上げる。

診察台を挟んで沙良の斜め前にいる高田が、短くため息をつく。彼女もまた機嫌を損ねているであろうことは、顔を見なくても容易に想像できた。

亮也が体重と体温を測定して、おなかに聴診器を当てる。先ほどの沙良への態度とは一転、ジュリエッタちゃんは気持ちよさそうにゴロゴロと喉を鳴らした。

「うん、健康だね。毛艶もいいし、相変わらずの美人さんだ。さて、じゃあ注射しようか」

亮也がジュリエッタちゃんの頬を掌で包み込んだ。それまでもぞもぞと動いていたジュリエッタちゃんの動きが、亮也と目が合った瞬間ぴたりと止まる。

「うふふっ、この子ったら先生のこと大好きなのよね。先生の言うことなら、なんでも聞いちゃう。そういうところ、私とお・な・じ」

そんなセリフを聞かされた亮也が、軽く笑い声を上げた。こっそり高田を窺うと、嬉しそうに頬を染めて亮也を見ている。

（なんなの、これ。なんでも聞いちゃうって、どういうこと？　もしかして、ジュリエッタちゃんだけじゃなくて、飼い主さんのほうともなにかあるとか……？）

「にゃっ！」

沙良の腕のなかで、ジュリエッタちゃんがもがいた。見ると、とっくに注射は終わっており、亮也は高田と話している。

「熱が出たり、どこか変わった様子があれば遠慮なくご連絡ください」

「はい、先生。さ、ジュリエッタちゃん、帰りましょうか」

沙良が手を離すと同時に、ジュリエッタちゃんは亮也の手にすり寄っていく。その身体を抱き上げた亮也は、にっこりと微笑みかけたあと、高田に手渡した。

「ありがとうございます。じゃあ、先生。また……よろしくお願いしますね」

「ええ、また」

高田が名残惜しそうに処置室を出ていく。

（また、って。またよろしく……って、どうよろしくするの？　なんであんな意味ありげな言い方なの）

「次はシャンプー室で、玉木コロンくんのトリミング。でもその前に、俺が『B』の部屋で軽く診察する。トリミングは中村さんがやってくれるから、なにかあったら手伝ってくれるかな」

「はい」

亮也が処置室から「B」の部屋に入った。そこへ中村が顔を出し、コロンくんを抱いた玉木を案内してくる。

先ほどの高田は見た目三十代後半といった感じだったが、玉木はおそらく、まだ二十代だろう。

空色のVネックカットソーに白のミニスカート姿の彼女は、とても美人だ。同性から見ても色気がある。

（すごく色っぽい人だなぁ……。それにしても、ここに来る予約診療の飼い主さんって、皆綺麗だしおしゃれだよね）

沙良がシャンプー室に向かおうとしたとき、こちらを見る玉木と目が合う。軽く会釈すると、玉木はこれ見よがしに亮也に寄り添った。

「ねえ、先生。見習いの看護師さん、もとは患畜の飼い主さんなんですって？　ずるーい、私だって先生のそばで働きたいぃ。前に頼んだときは『若い美人さんは雇えません』ってことだったから諦めたのにぃ。私も彼女みたいに、若いけど美人じゃなかったら雇ってくれるの？　それとも、なにか特別な条件でもあるんですかぁ？」

鼻にかかった甘ったるい声が、歩き出した沙良の耳に届く。立ち止まって聞き耳を立てるわけにもいかず、そのままシャンプー室に入った。

（そりゃあ私は美人じゃありませんよ！　そんなこと、ずーっと前からわかってます。おまけに、あんなに色っぽくもないし、スタイルだってよくないですよ！）

「あら、どうしたの？　ほっぺたが膨らんでるわよ～」

なかにいた中村に指摘され、はっとして頬をこすった。

「いえ、なんでもありません」

「やっぱり風当たり強いみたいね～。予約診療の時間は極力ここに顔を出さないほうがいいかもしれないわね」

笑って誤魔化すけれど、もろもろの声は聞こえていたみたいだ。

「いえ、頑張ります。患畜とも飼い主さんとも、いい関係を築けるよう努力します！」

さすがに、今の時点で動物看護師を目指すつもりだとは言えなかった。

「そう？　だったら協力は惜しまないわよ。沙良ちゃん、頑張ってね。どこにでも面倒な人っているもんよ〜。ここでの経験は、今後ほかで働くときに役に立つわ。ほら、やっぱりお勤めする上で人間関係やコミュニケーション力って大事でしょう？　それに、女は外見だけじゃない、要は中身よ」

多少引っかかる部分はあるけれど、中村の言葉はいろいろと的を射ている。

（ほかで働くとき、か……）

亮也とのことはさておき、ここでお手伝いさんとして働けるのは、リクちゃんが退院する日までだ。その先は、自分で夢の実現のために努力するしかない。だから、できるだけ早く、亮也に自分の進路について相談して、動物看護師になるための情報収集がしたかった。けれど、なかなか切り出すことができないでいる。

中村たちに聞いてもよいのだが、先に亮也に自分の夢を伝えたかった。

「玉木コロンくんの診察終わりました。トリミングお願いします」

背後から聞こえてきた亮也の声に、沙良はあわてて振り返る。

「は〜い、玉木コロンくんのトリミング、了解です〜」

亮也の腕に抱かれていたトイプードルが、中村の手に移った。亮也はトリミングについての指示を中村に伝えると、早々に部屋を出ていく。

彼をずっと目で追っていたわけではないけれど、少なくとも沙良が見ている間一度も亮也と目が合わずじまいだった。

「さ〜て、コロンくん。トリミングしてイケメンになりましょうか〜」

通い慣れているのか、コロンくんはおとなしく台の上に乗る。

「まずはブラッシング。それから爪を切って無駄毛をバリカンやハサミで切るの。ひげを間違って切らないように注意しなきゃよ〜」

中村が手際よく毛を刈る間中、沙良はコロンくんが動かないように保定したり注意を逸らしたりする役割を任された。

「コロンくん、おとなしくしていますね」

「今はね〜。最初は大変だったわよ。バリカンの音を怖がったり、玉木さんと離れるのを嫌がったり。だから、最初はトリミングの間中、玉木さんがつきっきりでそばにいたりしたのよ」

「そうなんですか」

トリミングにかかる時間は、シャンプーとカットも合わせておよそ二時間。その間飼い主はどうしているのかと聞くと、人それぞれだし、日によってまちまちだという。

「飼い主さんもいろいろと忙しいし、いったん帰る人もいれば、ここで待ってる人もいるわね〜。なかには、先生と自分以外の飼い主さんがどんな話をしてなにをしているのかが気になって仕方ない、って人もいるしね〜。ちなみに玉木さん、今日はトリミングが終わるまで病院内で待っているそうよ」

「へぇ……。二時間も……」

予約診療だから、基本的に来る人は決まっている。中村曰く、玉木がずっとここで待っているのは、ほかの飼い主を監視するという目的もあるらしい。

「予約診療で来る飼い主さんって、結構本気モードなのよ。なんてったって、とびきりイケメンの獣医さんだもんねぇ。そういった意味では、先生もいろいろと大変よね～」

そんなこんなで、午後の診療が終わった。

片づけをすませたあと、入院室に立ち寄る。

「リクちゃん、具合はどうかな？」

個室を覗き込むと、リクちゃんは顔をこちらに向けてすやすやと眠っていた。

ほかの患畜たちも、皆おとなしくしている。壁のメモ書きを見ると、それぞれが順調に回復しているみたいだ。

「よかった……。じゃあね、リクちゃん」

沙良は小さくバイバイをし、三階に上がる。

その日の夕食は、予定通りクリームシチューを作った。

昼間あわただしかった分、ゆっくりと時間をかけて食事をする。だけど、昼間のキスがまだ尾を引いていて、沙良は終始頬を赤らめていた。どうやっても落ち着かない。幸い亮也にはバレていないようだけど、いい加減落ち着かないと、また失敗をしてしまいそうだ。

「沙良の作る料理は、和洋中、どれも絶品だな」

「えっ……、そ、そうですか？　ありがとうございます」

自分でも、ちょっと挙動不審になっているのがわかる。しかし、普通にしようとすればするほど意識してしまい、胸のドキドキが増すのだ。

味もよくわからないまま食事を終え、亮也に手伝ってもらいながら食器を片づける。

途中、ふと気になって昼間転んで打ちつけたところを触った。

（あれ？　もう痛くないや……）

首を傾げながらお尻回りを撫でていると、亮也がそれを見咎めた。

「どうかしたのか？」

「いえ……、昼間ちょっと足を踏み外してしまって――」

「転んだのか？　どこか打った？」

「ちょっとだけ、腰……というか、もうちょっと下のあたりを……。でも、もうぜんぜん痛くないから平気です」

「ふぅん。じゃあ、念のため、あとで診ようか」

「えっ？　み、診よっ……？」

診ようかと言われても、お尻なんて平気で見せられる場所ではない。

（って、冗談だよね？　お尻見せてとか言わないよね？　うん――）

沙良だって一応成人女性だし、まさかそんなことを言われるわけがない。そう思いながら、片づけを終えた。

ふと視線を上げると、亮也がソファで手招きをしている。何事かと思い小走りに近づいて、少し離れた位置で立ち止まった。すると、亮也が指先をくるりと回すしぐさをする。

「じゃあ、打ったところを見せてくれる？」

「えっ？　で、でもっ……」

まさか本気？

亮也の表情を窺うけれど、彼はいたってまじめな顔で沙良を見つめ返すのみ。

（え……、本当にお尻を見せるの？）

沙良は大急ぎで頭を働かせる。

動物対象とはいえ、彼は医者だ。本気なら、それなりに対応しなければ悪いし、冗談であっても、どう返せばいいのかわからない。

「あ……あの……」

思い切って口を開いたはいいが、なにをどう聞けば亮也の真意が推し量れるのだろう。

「うん？」

まごつく沙良を、亮也が促す。

「え……っと……。どうすればいいのかな……って。だって、ここは病院じゃないし、いきなり、お……お尻を見せるとか……。ちょっと恥ずかしい、ので——」

なおも、もじもじとしていると、亮也が軽く笑った。

「あぁ、そうか——なるほど……。うん、そうだね。じゃあ、とりあえず座って」

手を差し伸べた亮也に吸い寄せられるように、一歩進む。立ち上がった亮也が、沙良の背後に回り、後ろからゆったりと抱き寄せてくる。

「……ひ……っ……」

途端に、心臓が喉元までせり上がってきた。

「な、なな……っ——」

「なにをするんですか、かな？　もちろん診察だよ。本来なら、まずは洋服の上から軽く触診をするんだけど、せっかく期待してくれているみたいだし、服——脱いじゃおうか」

首筋にそっとキスをされると同時に沙良を抱く腕が解け、背中のほうで衣擦（きぬず）れの音が聞こえた。

ベルトのバックルを外す音がそれに続き、シャツがソファに投げられる。

「とりあえず一緒にシャワーを浴びよう。そうすれば、診察ついでにこの間の続きだってできるだろう？」

「ぁんっ……、亮也さ……、あ……っ」

首元に触れる彼の指が、ブラウスのボタンを、ひとつひとつ外していく。あらわになった肩に亮也の唇を感じた。

スカートのジッパーが下ろされ、音もなく足元に落ちる。

ちゅっ、という甘く湿った音が聞こえると同時に、胸の締めつけがなくなった。ブラの肩紐が、指先を通り抜ける。

「……は……ぁっ、……は……っ」

自分の息遣いが、やたらと大きく聞こえる。

いまや、身につけているのは空色で水玉模様のショーツだけだ。しかも、三枚千円のお買い得品で、色気とは無縁の代物だった。

(私の馬鹿……っ!)

頭のなかで自分をののしるけれど、もう後の祭り。

一度あんなことがあったというのに、どうしてもっと下着に注意を払わなかったのだろう?

いや、まさかこれほど急展開を見せるとは思ってもみなかったのだ。それに、ゆっくり私物を買いにいく時間もなかった。

「ぁんっ……! あ、ぁ……亮也さんっ、ダッ……ダ……、んっ……」

ダメと言う前に身体を反転させられ、向かい合った姿勢でのキスに移る。すぐに舌をからめとられ、ゆるく吸われた。力が抜け、もはや立っているのがやっとだ。

うっとりと目を閉じていると、唇が音を立てて離れた。

再び、亮也が後ろに回ったらしい。ゆったりと抱きついてくる。

亮也の指が、ショーツの縁にかかった。はっとして目を開けると、前面に設えてある鏡のなかに自分がいる。すぐ後ろの亮也と鏡のなかで目が合い、身体が一気に硬直するのを感じた。

逃げ出したいのに、そうできない。

背後から伸びてきた左掌で右胸を包み込まれ、右手がショーツのなかに入った。

「ぁ、んっ！　あ……、はぁ……んっ！　ゃ……あんっ！」

胸の先を指の間に挟まれ、やわやわと揉まれる。たちまち身体中が熱くなり、肌の色が赤みを帯びていく。

「沙良は色が白いね。だけど、こんなふうに触れていると綺麗な桜色に染まる」

亮也の指先が柔毛のなかに分け入り、ぷっくりと膨らんだ花芽を撫で下ろした。秘裂を割られ、息が止まる。

ほんの少し触れられただけなのに、花芽が痛いほど熱く疼いていた。

「やっ、いやっ……！　あんっ」

我慢できずにあられもない声を上げているうち、ショーツを脱がされた。

鏡のなかに、なにも身につけてない自分が映っている。

思わず顔をそむけると、そのまま背後から唇を塞がれた。そして、乳房と秘裂を丁寧に愛撫される。

指先が蜜窟の縁をなぞり、円を描くようにそこをほぐしていく。

微かに聞こえてくる水音が、沙良の耳たぶを赤く染める。

亮也の胸にもたれかかるようにしてキスを続けているうち、完全に腰が砕けた。折れかかる膝をすくいあげられて、亮也の膝の上に乗ったままソファに腰かける。

「もうシャワーを浴びたい？　それとも、もう少しここでこうしていようか？」

そう聞かれても、どちらを選択していいかわからない。小刻みに震える身体を、亮也の腕がやんわりと包み込んだ。

「俺が怖い？　可愛いエゾモモンガを食べようとしている猛獣に見えるかな？」

耳元で囁かれ、咄嗟に首を横に振った。

「こ……こわくなんか、ないです……。亮也さんは、とても優しい猛獣って感じです。でも、部屋が明るすぎて、す……ごく恥ずかしくてたまらないです……」

くるりと縮こめた身体を、亮也がきつく抱きかかえた。

「沙良……。すごく可愛い。頭の先からつま先まで、沙良の全部にキスしたいくらいだ」

亮也が沙良を抱いたままソファから立ち上がり、バスルームに向かう。洗面所で床に下ろされたが、裸を見られるのが恥ずかしくて、彼から身体を離すことができなかった。

「沙良から抱きついてくれるなんて、嬉しいな」

亮也に軽く笑われ、いっそう照れて彼の胸に顔をうずめる。

すると、亮也が肩に大き目のバスタオルをかけてくれた。身体が隠れたことで、ようやく少しだけ落ち着く。

「さて、と……。なかは少し暗いほうがいいかな？」

バスルームの照明は、白色からやや暗い電球色までを選ぶことができる。

「はいっ」

亮也の操作で、明るかったバスルームの照明が一気に光度を下げた。

全体が薄暗くなり、天井のダウンライトの灯(あか)りが、まるで月灯(あか)りのように湯面を照らしている。きらめく水紋が、バスルームの壁や天井に映し出されてとても幻想的だ。これくらいの暗さは、ぜんぜん怖くない。

「素敵。まるで、南国のリゾートホテルみたい……」

思わず感嘆の声を上げると、亮也が嬉しそうにキスをしてきた。

「よかった。その言葉、今度ここを作ったデザイナーに伝えておくよ。きっと、小躍りして喜ぶだろうな」

この家のなかでも、バスルームは特にこだわりを持って作り上げた空間だったらしい。しかし、日々忙しくしている亮也は、今まで一度もそんな感想を抱くことなく、シャワーを浴びるのみだったようだ。

「ひゃんっ……！」

バスタブの端に座らされ、シャワーヘッドからほとばしるお湯をかけられる。大きな水滴がバスタオルを通して肌の上に降りかかった。強弱がつけられているから、ちょっとしたマッサージをされている気分だ。

「気持ちいい？」

「はい、とっても……」

「そうか。じゃあ、次はこれだ」

シャワーが、今度はミスト状になって降りかかる。

「わっ！」

瞬(まばた)きをする目蓋(まぶた)の向こうに、楽しそうに笑っている亮也の顔が見えた。浮かんでいる表情は、まるで子供のように屈託がない。それを見ているうち、沙良もつられて笑顔になる。

「すごいですね、ここのお風呂って。エステに行かなくても美肌になっちゃいそう」

降りかかるお湯のせいで、いつの間にか胸元のタオルが外れかけているのに気づかずにいた。

　ふいにかがみこんできた亮也の唇が、あらわになった沙良の左胸の先を含む。そして、沙良の閉じた脚の前に跪き、そっと膝を左右に開いた。

「沙良、すごく綺麗だ」

　亮也の言葉に導かれるように下を見ると、ちょうど彼の舌が、胸の尖りを舐めるところだった。

　その向こうに、小さく膨らんだ恥丘と亮也の指先が見える。

　まだ入れられてもいないのに、沙良のなかがきゅんと窄んだ。

　きっともう、すごく濡れている。

　沙良は唇を噛んで、声を抑えた。それなのに、亮也は沙良の乳房を愛撫し、わざとらしく音を立てて吸いついてくる。

　バスタオルを取り払われ、全身があらわになった。

「や……んっ……。やっぱり、は……ずかし……」

　胸元を隠そうとした腕をとられ、唇が重なる。

　キスが身体の真ん中の線を辿りながら、下を目指した。背中が壁にくっつき、さらに脚を広げられた。

　亮也の舌が沙良の秘裂に入り、ちゅくちゅくと水音を立てはじめる。

「そ……なとこ……、舐めちゃ……い……ゃあ……っ」

沙良は泣きそうになりながら頭を振った。なのに、亮也は止めようとしない。

彼の舌が、沙良の蜜窟をくすぐる。

「恥ずかしいことなんてないだろう？　こんなに可愛いんだから」

「そんなこと言うの、亮也さんくらいですっ……、あぁっ……！」

「俺一人だけ、わかっていればいいだろ？　沙良の可愛いとこ。丸くて柔らかい胸とか、ふわふわのお腹とかお尻だとか——。そういえば、どこを打ったって？　先に診ておこうか」

亮也が跪いた格好のまま、沙良を後ろ向きにした。

「きゃあっ！　きゃあああっ！」

突然お尻を向ける格好になり、沙良は顔を真っ赤にして声を上げる。

「おいおい、なんでそんなに大騒ぎするんだ？　もしかして、前よりも後ろのほうが恥ずかしいの？」

そう問われて、言われてみれば前のほうがよっぽど恥ずかしいと思い直す。

「そ……それは、前のほうが恥ずかしいですけど……」

「そうだろう？　……ふぅん、特に赤くなったりはしていないかな。ちょっと触るから、痛いところがあったら教えて」

亮也の掌が、沙良の尻肉をそっと掴んだ。指の腹であちこちを撫で、こねるように円を描く。その指はやがて、弾力を確かめるようにお尻をつまんできた。

「ちょ……ちょっ……、亮也さんっ」

診るというよりは、いじる感じだ。もしかして尻もちをついた患畜に対しても、同じような診察の仕方をするのだろうか？

「ここはどう？　痛くない？」

「はい、痛くな……、あれ？　ちょっとだけ、今の場所が痛いかもです」

「ふむ……ここか？」

左手で腰を引かれ、やや前かがみの姿勢になる。彼の親指が右の尻肉を押し上げてきた。そのせいで、亮也のほうに腰を突き出し、秘所を彼の目前にさらす格好になる。

「こ……こんなのって――」

恥ずかしさが募り、思考がフリーズする。

いくら薄暗いとはいえ、人として一番見られてはいけない場所を亮也に見られているのだ。

彼の犬歯が、沙良の尻肉を甘く引っかいた。ヒップラインを軽く舌でなぞられ、踵が浮き上がる。

「ひ……ぁっ……！　あ、あ……」

逃げ出したいけれど、なぜかそうできない。

沙良は亮也によって捕らえられた獲物であり、あとは食べられるのを待つのみで、もうどうすることもできないのだ。

「うん、見たところ特に異常はないし、大丈夫だろう」

立ち上がった亮也が、沙良のうなじにキスをする。腰をあずけたまま少しだけもがくと、足が滑った。

「おっと――」

前のめりになりそうになったところを、亮也の腕に抱きとめられる。身体がぴったり密着し、亮也の筋肉と沙良の柔らかな肌がこすれあった。

「す、すみません……」

身体を立て直そうとした沙良の身体が、くるりと一回転する。

湯気に濡れた亮也の髪が、すっきりとした額にかかっているのが見えた。それだけで、いつもより野性味が増した気がする。沙良は目を潤ませて、彼に見入った。

(このまま食べられちゃいたい……)

そんなことを思った自分に驚く。

「沙良……」

呼びかけてくる声が、いつになく熱っぽい。

返事をしようとした唇に、長いキスが落とされた。

「……ぷぁっ……、ぁ……ふぁ、はぁ……っ……」

それまでとは違う、奪われるようなキスに、沙良のつま先が震えた。

肩で息をする沙良を、亮也が強く抱き寄せる。

「沙良、さっき言ったこと、してもいいか？　……沙良の頭の先からつま先まで、全部にキスをしたいってやつ」

身体はもう十分すぎるくらい温まっていた。

沙良は小さく「はい」と言い、亮也の肩に腕を回す。

ふわりと身体が浮いた途端に、沙良は亮也の腕のなかでくるりと丸くなった。

「これは、条件反射ってやつかな？」

顔を上げて亮也を見ると、すぐに視線を合わせてくる。

「そうかもしれません。だって、亮也さんの腕のなかって……なんだか……」

そこまで言って、沙良はその先なんと言ったらいいのかわからなくなった。

抱かれると心臓が飛び出しそうにドキドキする。だけど、同じくらい安心するし、ほっとできるのだ。

亮也に対する沙良の気持ちは、いつもそんなふうに混乱していた。それでも、決していやではない。

彼に対する気持ちが膨らみすぎて、パンクしそうになっている。

廊下を進み、抱き上げられたまま運ばれた亮也の部屋は、沙良のそれよりも少しだけ広い。ベッド横の壁に、大きく引き伸ばした写真が貼ってある。

青く晴れ渡った空に、一面の雪景色だ。

「それ、北海道だよ。俺が勤務していた病院の近く。そのなかにいるんだ、俺の患畜第一号の可愛いやつ」

プロのカメラマンが撮ったというその写真は、一見ただの冬の森だ。しかしよく見ると、木の枝の上に小さくて丸い毛玉のようなものが乗っている。

「あ、いた！」

沙良が指を差すと、亮也が頷きながらそこへ近づいていく。沙良は亮也に抱っこされたまま、毛玉を間近に見た。

「うわぁ、かっわいいっ！」

「だろ？」

亮也に言われてから、エゾモモンガの画像や動画をいくつも見てきた。それでも、今目にしている子が一番可愛く思える。

「これに、似てるんですか？　私。こんな可愛い子に——、きゃっ！」

亮也が沙良を抱いたままベッドに倒れ込んだ。

「似てるよ、可愛いところがそっくりだ」

好きだとか可愛いとか、まったく耳慣れなかった言葉を、亮也は繰り返し沙良にかけてくれる。

(嬉しい……。嬉しいったら嬉しいっ！)

可愛いというのはさておき、イケメンすぎる亮也に好きだと言われ、最初は半ば半信半疑だった。けれど、もともとの思考回路が単純なせいか、今はもう素直にそれを信じようという気持ちになっている。

「――いや……だけど、よく見たらそうでもないかな？」

「ええっ……？」

今さら、そんな――！

亮也との今があるのは、いわばエゾモモンガに似ているからこそだ。

それなのに、今になってその根底を崩すようなことを言われ、沙良はあからさまに動揺する。

「あ……あの――」

「いや、よく見なくても沙良のほうが、だんぜん可愛い。沙良、好きだ……、大好きだよ……」

優しく包み込むように抱きしめられた。

「ほんと、沙良が俺のところにリクちゃんを連れてきてくれてよかった」

「私もそう思いました。亮也さんのところにリクちゃんを連れてこられてよかった、って……」

「うん。そうでなきゃ、二人ともお互いを知らないまま一生を終えていたかもな」

亮也が沙良を見つめながら、にっこりと微笑む。その顔が、瞬きをするごとに真剣な面持ちに変わる。

「沙良……。これまで沙良にいろいろと言ってきたけど、全部俺の本当の気持ちだから。俺は嘘はつかない。沙良はすごくいい子だ。それは、リクちゃんとの接し方を見ればわかる」

話す声が、いつも以上に優しい。

沙良は嬉しさのあまり呆けたようになって、亮也の顔に見入った。

「真面目だし、いつだって一生懸命だ。ちょっと抜けてるけど、そんなところも可愛くてたまらない。もちろん、見た目も料理上手なところも、そういうのを全部ひっくるめて沙良のことが好きなんだ。……自分でも困るくらいに」

突然、改まった調子で告白され、沙良は口を半開きにしたまま目を見開く。

「……えっ……、あ……あの……っ……」

口をパクパクと動かし、懸命になにか言おうとした。だけど、言葉がまったく浮かんでこない。

「――ってことで、よろしく。一度、ちゃんと言っておきたかったんだ。出会って間もないし、なにかと不安に思うこともあると思う。だけど、俺はちゃんと本気だから」

亮也が少し照れたように口元をほころばせる。

「……り……、りっ……りょうやさん……」

沙良の口から、ようやく声が出た。

「うん？」

「わっ……、私も好きですっ……！　亮也さんのこと、本当に本気で好きです。ほんとの、本気で大好きなんです」

嬉しさのあまり、わかりきったことをわざわざ声に出して言ってしまった。

自身の言動に恥じ入って、身体を丸く縮こまらせる。

「よかった。俺たち、正真正銘の両想いだ」

亮也はそう言って、沙良の身体を改めて抱きしめる。

彼のキスが、沙良の頭のてっぺんに下りた。

唇が髪の毛を巡り額（ひたい）に行き着く。

そしてキスは「好きだよ」という囁（ささや）きとともに、沙良の顔中に降り注いだ。

舌が首筋を下りて、鎖骨に移動する。頬が火照（ほて）り、全身が熱くなった。指先にキスを落とされ、まるで童話のなかのお姫様のような気分になる。

両方の乳房を掌に包み込まれ、先端を吸われた。

「ん……ぁ、あんっ……、りょ……やさんっ……。あんっ！」

キスの領域を遥かに超えている愛撫に、声が漏れ腰が浮く。

「沙良の身体って、本当に柔らかくて気持ちいい。まるでわたあめみたいに、口のなかでとけてしまいそうだ」

太ももあらゆるところを甘噛みされ、そのたびに小さく声を上げる。

その頃には、もう自分の体形のことなんか、頭から吹き飛んでいた。亮也がいいというのなら、それでいい。彼が食べたいというのなら、おいしく食べてもらえるよう全力で頑張ろうと思う。

キスが膝を通り、つま先に到達する。

事前に言われていたとはいえ、まさか本当にこんなことをされるとは。

想像したこともないシチュエーションに、全身が震える。

これまでにないくらい恥ずかしいけれど、もう身動きが取れないほど、身も心もとろけていた。

足の甲から踝までぺろりと舌で舐められ、足首にキスが落ちる。

亮也に触れられた部分が、淫欲に疼いた。

まさか自分がこんな気持ちになるなんて……

太もも内側を食まれ、脚の付け根に繰り返し吸いつかれる。

沙良はのぼせたように全身を熱く火照らせ、潤んだ目で亮也が自分にキスをする様を見つめていた。

「沙良、すごく濡れてる。沙良の全身から出てるよ、俺専用のフェロモンが。沙良がほしい。そう思いすぎて、頭が変になるくらいだ」

亮也がおもむろに身を起こし、ベッド脇から避妊具を取る。そして、すばやくそれを装着すると、沙良の上に覆い被さってきた。唇を重ね、同時に濡れそぼった蜜窟の入り口に、硬くなった切っ先が触れる。

「あ……んっ！　あ……亮也さんっ……」

全神経が脚の間に集中する。蜜をまといながら、屹立の先が蜜窟の入り口をほぐしているのがわかる。

「沙良も俺をほしがっているみたいだけど、違うか？」

亮也の舌先が、まるで煽るように沙良の唇のそばをかすめては離れていく。

「ち……違わないです。私……亮也さんが、ほしいです。亮也さんが好きです……。私、亮也さんに、私のぜんぶをあげちゃいたいって……思います」

我慢できずに、本当の気持ちをそのまま口にした。亮也が一瞬動きを止める。

「沙良、すごく嬉しいよ。ありがとう……。じゃあ、俺も沙良に俺のぜんぶをあげる。沙良のなかに、今度こそぜんぶ――」

「ぁっ……、あ、あああっ！」

じゅぷん、という音が聞こえたような気がした。

身体の奥から、新しい蜜が湧き出てくるのがわかる。

自分のなかに亮也が入ってくるということが、こんなにも感動的だなんて――

「亮……也さ……、ぁ、亮也さん……」

少しずつ奥へ進んでいく屹立が、沙良のなかで硬さを増す。隘路をみちみちと押し広げられ、蜜窟が何度も収縮した。

全身が強張り、自然と歯を食いしばっていた。身体のなかの知らなかった部分を、亮也によって暴かれている感覚――

「苦しくない？」

亮也の問いに、かろうじて首を縦に振った。

「く……るしくない……です」

しゃべったためか、少しだけ身体から力が抜ける。

「じゃあ、もう少し奥へ進むよ？」

沙良がこくりと頷くと同時に、亮也がぐっと腰を落とした。思わず閉じそうになった唇に、亮也のキスが下りる。

「あ……んっ……！　ぁ、あ……、あっ……」

小さな嬌声が途切れ途切れにこぼれ、沙良の視界がぼやけた。

「少し、動くぞ」

そう言いながら、亮也が上の唇を啄んでくる。

「ぁあんっ！」

下腹の内側をこすり上げられ、目の前で閃光が弾けた。

亮也のものが奥に進むごとに、自分のなかに新しい路ができているような感じがする。

のけぞった顎を軽く噛まれて、びくりと全身が震えた。けれどそれが思いのほか気持ちよくて、沙良は唇を尖らせて亮也の下で身をよじる。

「ん？　どうした」

亮也に問われて、沙良は緩く閉じていた目蓋を上げる。

「気持ち……よかったんです、今の……。亮也さんに、顎を、齧られた感じの――」

沙良がもじもじしながら言うと、亮也がゆったりと笑って頬にキスをした。

「俺に齧られるの、好きなのか？　もし、してほしいと思うことがあったら、遠慮なく言っていいよ」

「え……っと……、じゃあ、もっと、さっきみたいにしてほしいです」

「わかった。……くっ、沙良はまるで俺の獲物だな。俺にとって最高のご馳走だよ」

亮也が左の耳朶に唇を寄せ、ごく軽くそこを噛む。全身の肌が一瞬にして粟立った。

自然となかが蠢き、唇から甘い吐息が漏れる。

亮也の指が、沙良の突起した花芽を捉えた。一瞬、息が止まり、蜜窟の奥がびくりと痙攣する。

「あああんっ！　り……ょ……やさんっ……！　あんっ！　あああっ！」

花芽への愛撫を加えながら、亮也のものが沙良の内奥を目指して進んでいく。

沙良の頭のなかは、もう亮也とひとつになることでいっぱいだ。

両腕を亮也の双肩に回すと、沙良は彼に導かれるままに、両脚を高く掲げた。

「んっ……、亮也さ……ん。あ、あっ……あああっ！」

少しずつ亮也の腰の動きが速くなり、挿入の深さが増していく。目を開けると、自分を見つめる亮也と目が合った。

「今、ちょうど半分くらいかな。沙良のなか、すごくいい。このままじっとしていてもイけるくらい気持ちいいよ」

突然そんな卑猥なことを囁かれて、脳みそが溶けそうになった。

亮也が、腰の動きに強弱を加える。リズミカルな腰の動きに、思わずうっとりと目を閉じて、ため息を漏らした。

「……ぁっ……。亮也さんっ……、ぁんっ！　ああ……あああっ！」

「沙良、すごく上手だ」

亮也の言葉に反応して、蜜窟が収縮する。

「……っ、沙良。そんなに締めつけたら本当にイってしまうよ」

呻くような亮也の声に、沙良の全身が反応した。蜜窟のなかに疼くような熱が宿る。

閉じた目蓋の裏が赤く色づいて、パチパチとした光になった。

「そんな……、しめ……締めつけてなんか、いませんっ……。ぁ、ふ……」

吐く息がすべて吐息になり、見つめ合うだけでなかが蠢く。

「沙良っ」

「ぁ……！　あっ、あんっ……！　ゃ、あ、あぁんっ！」

亮也のものが、沙良の恥丘の裏側を抉った。そこは、まるで蜜がわき出る源であるかのようだ。刺激を受けるたびに、愉悦が全身を襲う。

「沙良、気持ちいいんだな、ここが」

亮也が動くたびに、声が漏れる。切っ先に繰り返し突かれ、身体が宙に浮いた。

亮也が「ここ」と呼んだところが、じぃんと痺れてくる。

「沙良のここ、気持ちよさそうに膨らんでるよ。わかるか？」

頬が痛いほど熱くなるのを感じながら、沙良は首を横に振った。

「俺には、はっきりとわかるよ。じゃあ、もう少し奥に入るぞ」

亮也が囁き、沙良の両方の脚をさらに開いた。彼の重みを、広げた太ももの内側に感じる。

一気に深まった挿入の刺激に、沙良の全身が震えた。

「あっ……！　あ、っ……あ、あ……亮也さんっ……」

蜜窟への圧迫が、喉元まで届いていた。息をするのさえ苦しい。

「沙良、大丈夫？　もう止めておこうか——」

「いや、ダメ！」

腰を引こうとした亮也を、沙良はあわてて止める。

はしたないことだとわかっているけれど、亮也ともっとこうしていたかった。

もっとくっついていたかったし、もっと深いところまで交わりたいと思う。

「私、もっと亮也さんと……」

「沙良——」

「あっ！　あ、ぁあああっ！」

突然こみ上げてきた快楽の波に、沙良の身体がびくりと跳ねた。そのまま、何度か全身が痙攣して、目の前が白くぼやける。

いじられているわけでもないのに、胸の先がじぃんと熱い。

　身体の内側が脚の間に向かって窄んでいくような感覚に陥り、沙良は大きく喘ぎながら、瞬きを繰り返した。

　いったい何が起こったのだろう？

　咄嗟に亮也にしがみついたため、彼の背に、きつく指が食い込んでいた。

　寒いわけではないのに、不思議な震えにいまだ繰り返し襲われている。

　訳もわからず、亮也に抱きついたままでいると、耳元で彼の甘い囁き声が聞こえた。

「沙良、今イったろ？」

　唇に小刻みなキスが降ってくる。

　亮也が口元をほころばせながら、ゆっくりと腰を引いた。彼のものが抜け、途端に蜜窟が収縮する。

「イった……って……。よく……わからない、です。でも……すごく、気持ちがよくって……」

　まだ息が荒い。

　亮也に掴まっていないと、身体がどこかへ落ちていきそうな気さえする。

「今ので、だいぶ奥まで入った。あと少しで、沙良のなかにぜんぶ入る。だけど、今のでも十分沙良を味わえたよ。沙良がイくとこ、すごく可愛かった。もう一度見せてほしいくらいだ」

亮也がこめかみにキスをして、瞳を覗き込む。

「だけど、もうそろそろ終わりにしたほうがいいかな？　でももし沙良が続けてほしいなら、もっと先に進む。どうする？」

たずねてくる目つきは、とても優しい。けれど、瞳の奥に獰猛な光が隠れているような気がする。

きっと亮也に本気で襲われれば、沙良なんかひとたまりもないだろう。

けれど、それでもいいからもっと奪われたい。

その目に見つめられながら、すべてを捧げてしまえたらどんなにいいだろうと思う。

亮也との繋がりが深くなればなるほど、想いが募っていく。

このままでは終われない――

それが、今の正直な気持ちだ。

「終わるの、いやです！　私ばっかり……イクのは、いやです……。亮也さんにも、もっと気持ちよくなってほしい。それに今、亮也さんと離れたくないんです。もっと、こうしていたい……。すみません……私、わがまま言ってますか？」

「いや、そんなことはないよ」

見つめ合っていた視線が逸れ、唇に触れるだけのキスが落ちた。

もしかして、すごく困らせている？

そんなふうに思っていると、亮也が改めて視線を合わせてきた。これまでにないほどの強い視線に、ひるみそうになる。だけど、もうあとには引けなかった。

「そこまで言われたら、もう我慢なんかできないぞ？　沙良を一気に最後まで……頭の先からつま先まで俺のものにしないと、終われなくなる。それでもいいのか？」

亮也の言葉が、甘くとろけて沙良に浸透する。

「はいっ……」

頷きながら返事をすると、亮也が柔らかな微笑を浮かべた。

「わかった。できるだけ沙良が苦しくないようにする。でももし我慢できないようなら、遠慮なく俺を突き飛ばしていいよ。だけど、それでも放してあげられるかどうか、自信ないな……。沙良、好きだ。本当に愛おしいよ――」

話をしながらのキスが、沙良の唇を敏感にする。

舌で内側を舐められると、その刺激はすぐに脚の間に伝わった。

亮也とキスをするのは、もう何度目になるだろうか。

いつの間にか、すっかり亮也の唇と舌になじんでいる。もっと長く彼と繋がれば、より深く亮也といろいろなものを分かち合えるかもしれない。

「あ……、亮也さんっ……！」

亮也の手が、沙良の太ももにかかった。そのまま大きく脚を開かれ、秘所があらわになる。

恥ずかしくてたまらないのに、この羞恥心を手放したくないと思った。

「入るよ。痛かったら、すぐに言って」

頷くと同時に、亮也の切っ先が沙良のなかに沈んだ。ずず、と奥まで入り、ゆっくりと引かれる。

「ぁああんっ！　あ……ぁ……っ」

亮也が再び入ってきたことが、嬉しくて仕方がない。その刺激に、心まで震える。

「もう少し深く、速く動くよ。沙良が気持ちいいと思うところを、俺がぜんぶ暴いてやる」

「ひっ……、あ……あっ！」

腰がぐっと落ちた拍子に、硬く張り詰めた彼の括れが、沙良の一点を強くかいた。たちまち目の前に真っ白な星が散らばり、身体が強く跳ね上がる。

彼のものが蜜窟で質量を増し、奥へ進みながら沙良のなかに形を刻んでいく。

「あと少しで、ぜんぶ入る。沙良のなかに、俺が、ぜんぶ……」

亮也の声が、途切れ途切れに聞こえてくる。

身体がどんどん熱くなり、全身が湯気に包まれているみたいだ。

亮也の腰の動きがいっそう速くなり、角度をつけながらの抽送が沙良を快楽の海のなかに深く沈み込ませる。

「ふ……ぁ……、あ、ああああっ！」

身体がふわりと浮かび上がり、次の瞬間には底のない空間に向かって落ちていく気がした。

腰をリズミカルに動かしながら、亮也が沙良の乳房を揉み込む。

胸の先を捻(ひね)られるたびに、小さな嬌声(きょうせい)がこぼれる。

ぎゅっと目を閉じてされるがままになっていると、蜜窟の最奥に亮也が辿り着いたのがわかった。

「あ……っ！」

目蓋(まぶた)の裏がぱあっと明るくなり、いくつもの稲妻が縦横に走り抜けた。

身体のなかを亮也に占領され、ほんの少ししか息を吸い込むことができない。

沙良の手が、シーツの上に落ちた。そこに亮也の指がからんでくる。視線を合わせ、キスで唇を塞ぎながら、亮也が腰を振った。

信じられないほど、気持ちがいい。そして、信じがたいほど淫(みだ)らだ。

沙良は、自分の身体が徐々に花開いていくような感覚を覚えた。亮也の熱が沙良のなかをかき混ぜ、新しい淫欲の種を植え込んでいく。

「亮也さんのぜんぶ……入って――？」

「あぁ、ぜんぶ入ってるよ。沙良のなかに、俺の、ぜんぶが――」

亮也が身体を起こし、沙良は彼の背中にしがみついた。そのまま彼の膝の上に腰を下ろす。すると、腰の部分が密着して、よりいっそう挿入が深くなった

「あっ……、り……亮也さ……、んぁ……、ん……っ！」

蜜窟の奥の圧迫に、思わず腰が引けた。しかしすかさず抱き戻されて、喘ぐ唇にキスが落ちる。

見つめ合ったまま、ゆっくり腰を振られ、恥ずかしさに瞳が潤んだ。

唇を噛んで込み上げる愉悦を逃がそうとするけれど、どうしても頬が緩む。結果、半分べそをかいたような顔になった。

「沙良、すごく可愛いよ。もっと感じてくれる？」

「も……無理ですっ……。だって、恥ずかし——、あ、あああんっ！」

亮也が、沙良の左胸を口に含んだ。先端を舌先でこね、乳房を揉みしだく。ちゅくちゅくと吸いながら下から見上げるその視線に、蜜窟のなかがびくりと震えた。

「沙良」

「やっ、あんっ……あっ！」

キスが唇に戻る。

徐々に激しくなる腰の動きに、沙良はあられもない声を上げていた。

「ほら、腰を上げて」

導かれるまま膝立ちになり、それからゆっくりと腰を落とす。

「動いてごらん」

亮也の誘導に、沙良はぎこちなく腰を振った。

彼のものが内奥に当たる。今まで経験したことのない場所を攻め苛まれて、沙良は目をきつく閉じて身体をのけぞらせた。

「いやっ……あ……」

「上手だよ、沙良。よくできました」

そう言うと亮也は、沙良を仰向けにした。そして、今度は彼が強弱をつけて腰を振る。

もはや、嬌声を抑えることなんてできなかった。

「あんっ、あっ」

目を閉じて、自分のなかにいる亮也のものに意識を集中させる。

亮也の両手が、頭の両脇に置いていた沙良の手の上に重なる。開いた指がからみ、そのまま手をベッドに押さえ込まれた。

「沙良、目を開けて、俺を見て――」

言われたとおり目蓋を上げ、すぐそばにいる亮也を見る。

「あ……っ……」

目が合った途端、痺れるような愉悦を感じた。

今、抽送は、ごく緩いものだ。けれど、亮也と見つめ合うだけで、その何倍も感じてしまう。

激しく突かれるのとはまた違う包み込むような悦楽の波に揺られ、沙良は繰り返し蜜窟の奥を戦慄かせる。

「沙良……、沙良とこうなれて、すごく嬉しいよ。ずっとこうしていたいくらいだ」

亮也の突き上げが、徐々に激しくなった。からみ合った指に力がこもる。

少し静かになっていた心臓が一気に跳ねて、全身が快楽の色に染まる。

「亮也さん……あんっ！　ぁあんっ……！」

両脚を広げた沙良の上に、亮也がのしかかった。彼は大きく口を開け、乳房にかぶりつく。

亮也は乳暈を舌先でくすぐり、硬くなった乳先を唇で挟む。

「りょ、亮也さ……んっ！」

息が上がり、身体全体がしっとりと汗ばんでいる。

上から見据えられたまま少しずつ手を下にずらされ、指先が花芽の上で止まった。そこを押し潰すようにしながら包皮を剥かれ、また新たな蜜があふれてきた。

亮也のものは、激しい抽送を続けている。先端まで抜き、また最奥まで突き戻す動きが淫らすぎる。

「も……ダメ……っ……」

沙良が泣きそうになって叫ぶと、亮也が沙良の両膝を胸元まで押し上げた。

小刻みで深い抽送が続けられ、沙良を絶頂に追いやる。

「沙良っ……！」

「きゃあ……あんっ……あっ！」

亮也の屹立が力強く脈打つと同時に、身体の奥深くで彼が放たれたのを感じた。がくりと首がのけぞり、一瞬気が遠くなる。

もう少しも動けないし、話すこともできない。

「沙良、やっとひとつになれたな。今夜はこのまま抱き合って眠りたい。いいか？」

亮也に問われ、沙良はこっくりと頷いて目蓋を閉じる。

額に彼の唇を感じた。

沙良は、幸せな気分のまま亮也の胸のなかで眠りについた。

＊＊＊

次の日の土曜日、沙良は一日筋肉痛に悩まされていた。

少し動いても股関節がギシギシするし、普通に歩こうとしても心なしか身体が前かがみになる。

けれど、それも仕方がないだろう。日常的に運動しているわけでもなく、特に身体が柔らかいわけでもない沙良だ。それなのに、いきなりアクロバチックな体勢をとり、長時間にわたって筋肉を緊張させていたのだから。

亮也に今日はゆっくりしていていいと言われたので、沙良はその言葉に甘えて身体を休めている。

亮也はというと、午前の診療を終えたあと、エキゾチックアニマルの研究会に出かけていた。今日明日で開催されるその研究会は知人も多く来るらしく、夕食も食べてくるから先に休むようにと言われ、その通りにさせてもらった。

そして翌日の、日曜日。

クリニックは休みだし、今日一日経てばもう普通に歩けるようになるだろう。

今、時刻は午後二時。

亮也は昨日に引き続き、昼前に研究会の会場に向かった。したがって今ここにいるのは、またしても沙良とリクちゃん、そして昨日の午前中に急患でやってきてそのまま入院になった、前足骨折のウサギだけだ。

「あ～あ……」

さっきから気がつけば、ため息ばかりついている。

「お手伝いさんなのに、寝坊とかありえないよ……」

沙良が今朝起きたときには、すでに午前八時をすぎていた。あわてて飛び起きたはいいが、亮也に笑いながら制止されてしまう。

「今朝までは、ゆっくりするといいよ。あの日は相当頑張ってくれたからね」

意味深な言葉に、なにも言えず赤面する。

そうして結局、今日も食事を作らずに亮也を送り出したのだ。

名誉挽回しようにも、亮也は今夜遅くならないと帰ってこない。彼は今日も、獣医師仲間たちと食事をする予定だ。

「ほんと、なにやってんの私。忙しい亮也さんに、きちんと食事を用意するのが役目なのに……」

獣医師の日常は、沙良が思っていた以上に多忙だった。診療が終わっても、入院中の患畜がいればそれなりのケアが必要だし、学会などに提出するレポート作成にも追われている。

常になにかしらの用事を抱え、じっくりと自宅でくつろぐ時間さえない様子だ。

沙良が眠っている間も、亮也は常に獣医師としての自分を忘れない。クリニックに電話が入れば、彼はすぐさま起きて対応していた。イケメンであるだけでなく、亮也は人としても素晴らしいのだ。

「さて、と……。私もお仕事に取りかかるか！　……っと、ととっ！」

ダイニングの椅子から立ち上がろうとして、少しよろめいた。やはりまだ下半身に違和感が残っている。

なにせ「六分の一」から一気に「ぜんぶ」の関係になったのだ。

沙良は一人頬を赤く染めながら、そそくさと家事に取りかかった。洗いものや部屋の掃除をするうち、身体の調子が徐々に戻ってくる。

「今晩は一人でごはんか……。外に行くのもなんだし、今日は冷蔵庫にあるものですませちゃおう」

そう決めると、沙良はそろそろと階段を下りて、入院患畜（かんちく）がいる部屋に行った。

「リクちゃん、調子はどう？　今朝も亮也さんにごはんを食べさせてもらったんだね」

壁にあるメモ書きには、経過が良好であること、食欲は旺盛（おうせい）であることが書かれている。

「さすがリクちゃん。病気しても食欲はあるところとか、私とそっくりだね」

沙良が話しかけると、リクちゃんが嬉しそうにケージの内側を爪でカリカリとかいた。

右隣の個室には、骨折したウサギがいる。

「あ、お隣は可愛いロップイヤーウサギさんだね、リクちゃん。名前は……澤田（さわだ）マロンちゃん、か。……あれっ？」

マロンちゃんは、個室のなかで丸くなって眠っている。下にはペット用のシーツが敷いてあるが、その一部が赤く染まっていることに気づく。

「えっ……これって……」

骨折しているところは、ギプスで固めてある。そのあたりに赤い色は見あたらない。

もしかして、血尿？

亮也から、留守中に患畜になにかあれば連絡を入れていいと言われている。沙良はすぐに亮也に電話したが、あいにく留守番電話になっていてつながらない。

メッセージを残し、事前に渡されていたバインダーを手に取る。そこには、亮也が不在のときや人手が足りないときに頼んでいるという、西亜大学の電話番号が書かれていた。

電話をかけると大学獣医学部の事務局に繋がった。用件を伝えると、谷崎あきらという大学の先生が来てくれることになった。

ただ、本人は今すぐには手が離せないということで、終わり次第向かうと伝言を受ける。

「谷崎あきら先生か……。どんな方だろう。穏やかな人だったらいいな」

そうでなくても人見知りの沙良だ。初対面の人と一対一で会うなんて、考えただけでも気が重くなる。

「ダメだよ、動物看護師を目指そうっていう人が、そんなことじゃあ」

動物相手の仕事とはいえ、患畜は常に飼い主とともにやってくるのだ。それを思うと、今の自分ではあまりにも心もとない。できれば中村のように、誰とでも気さくにコミュニケーションがとれる人になりたいと思う。

谷崎先生を待つ間、実質沙良にできることはなにもない。ただ、ケージのなかで眠るマロンちゃんを見守りながら、時計とにらめっこをするばかりだ。

それから三十分ほど経ったころ、クリニックのインターフォンが鳴った。

きっと谷崎先生だ。

沙良が勢い込んでドアを開けると、長身でスレンダーな美女がクリニックに入ってきた。やや上がり気味の眉に、切れ長の黒い目。細くすっきりとした鼻筋の下には、形のいい唇が鎮座している。

「あ……、こんにちは」

美女は沙良の挨拶には答えず、いぶかしそうに眉をひそめる。そして、沙良の全身に視線を巡らせたのちに、ようやく「こんにちは」と返してきた。

声音が妙に威圧的だ。放つオーラも相当に強く、沙良は早々に萎縮して思わず後ずさる。

患畜をつれていないところを見ると、なにかのセールスだろうか？　それにしても、服装がおしゃれすぎるような気がするけれど……

「あ……あの、すみません。今日はクリニックはお休みなんです」

「知っているわ。亮也、森先生主催の研究会に行っているんでしょ。今日のテーマは『問診からアプローチする消化器診断』。本当は私も行くはずだったんだけど、急な手術が入って出遅れたの」

美女は早口でそうまくし立てると、片方の眉尻をぐっと上げた。

亮也のことを親しげに呼び捨てにするこの美女は、いったい何者なのだろうか。

「で？　大学の事務局に電話してきたのはあなたなの？　もしかして新しく入った看護師さん？　……の割にはそれらしくないわね」

美女は、自身のさらりとした黒髪に手をやり、くるりとシニヨンにまとめた。

「で？　血尿疑惑の患畜ウサギは、もう処置室に移動してあるの？」

「い、いいえ、まだ――」

「あらそう。じゃ、早く持ってきて」

「えっと、でも私はまだ先生の指示なしでは患畜に触れないことになっていて――」

「はぁ？　あなた看護師じゃないの？　どうりでヘッポコ感丸出しだわ。じゃあなんなの、見習い？　だったら見習いってバッジでもつけときなさいよ」

美女は眉間に縦じわを寄せて、ぴしゃりと言い放った。そして、待合室を抜けてさっさと入院室のほうに歩いていく。

「す、すみません！」

美女の後ろ姿を見送ると、沙良は受付右手にあるスタッフルームに駆け込んだ。ロッカーからネームプレートを取り出し、それを胸につける。

（ま……待って待って……！　ってことは、あの人が谷崎あきら先生なの？）

処置室に急ぎながら、沙良は懸命に頭を巡らせる。

「あきら」という名前から、勝手に男性だと思い込んでいた。だけど、考えてみれば女性でもその名前の人はいる。

まさか女性だとは思っていなかったから、のっけから対応に失敗してしまった。

（すごい美人……。でも、なんだか怖いなぁ……）

忙しいところに呼び出しをされたのだから、機嫌が悪いのかもしれない。とりあえずこれ以上怒らせることのないよう、注意しなければ。

処置室に入ると、すでにマロンちゃんは台の上に乗せられていた。その横には、実験で使う試験紙のようなものが置かれている。

「あの……谷崎あきら先生でいらっしゃいますよね？　先ほどは申し訳ありませんでした。私、小向沙良といいます。今、ここでお手伝いをさせてもらってます」

沙良が話しかけると、美女は一瞬だけ顔を上げ、またすぐにマロンちゃんのほうに向き直る。

「へぇ、そうなの。ええ、私が西亜大学の谷崎よ。本来なら学生を寄こすんだけど、電話をかけてきたのがいつものスタッフじゃなくて、若い女性だったたって聞いたものだから」

「あぁ……はい。入院患畜(かんちく)の症状が安定しているから、今日は私だけで大丈夫だろうってことになったんです」

沙良の声が耳に入っていないのか、あきらはマロンちゃんの診察をもくもくと進めている。

「ふん……、やっぱり。これは血尿じゃないわ。ただの色つきのおしっこ。食べたものの色素とかが関係していて、この色になったのね。病気じゃない」

そう診断を下すと、あきらはさっさとマロンちゃんを抱いて処置室を出ていく。

沙良はといえば、その場に立ち尽くすのみで、なんの手伝いもできなかった。処置台の隅(すみ)に検査薬の袋などが置いたままになっているが、それすら勝手に捨てていいものかどうかわからない。

「なにもできなかったけど、とりあえず、よかったぁ……」

沙良は、ようやく安堵して肩の力を抜いた。そして、胸につけているネームプレートを指先ではじく。

見習いといっても、便宜上ネームプレートにそう書いただけだ。

自分では将来動物看護師になろうと決心はしたが、いまだ亮也にさえ言えていない。

まだなにもやっていないに等しく、単なる役立たずなのだ。

なにか処置でもしているのか、あきらはなかなか帰ってこない。

一人取り残された沙良は、自分も入院室に行くべきかどうか迷いながら、そのまま処置室の隅に佇んでいた。

「ちょっと」

処置室の入り口に、あきらの姿があらわれる。

「は、はいっ」

あきらに手招きをされ、沙良は彼女とともにスタッフルームへ入った。

「コーヒー、淹れてくれる？　ブラックで。それと、私の質問に答えて」

そういって、あきらはテーブルの横にある椅子に座る。沙良はその横を通り過ぎて、窓際の給湯スペースに向かった。

（怖っ……。もしかして、谷崎先生も亮也さんのことを狙っていたりして……）

いや、きっとそうだ。そうでなければ、電話をかけてきたのが若い女性だったという理由でここへ来るはずがない。

「入院室にいるヘルマンリクガメの飼い主はあなたなの？　リクちゃんって子」

「あ、はいっ、そうです」

「じゃ、あなたは患畜の飼い主であり、ここのお手伝いさんってわけ？　なんでそうなったのか、詳しく聞かせてもらっていいかしら」

ぜんぶ白状しろと言わんばかりの口調に、沙良はあきらが亮也のファンであることを確信する。

あきらの態度に多少の憤り（いきどお）は感じるけれど、助けを求めたのは沙良自身だ。ここはおとなしく言うことを聞いて、ことの顛末（てんまつ）を説明したほうがいいだろう。けれど、沙良が亮也と同居していると知れば、彼女がどんな反応を示すかは想像に難（かた）くない。

「お待たせしました。どうぞ」

コーヒーを淹（い）れ、沙良はあきらの正面に座った。

「ありがとう。じゃ、さっそく聞かせてくれる？」

あきらの視線が、沙良を正面から捕（と）らえる。

嘘をついても、きっとすぐにばれるだろう。沙良は仕方なく、ここで働くようになったいきさつをかいつまんで話した。

「……へぇ、そう……」

沙良の真向かいに座っているあきらは、意外にも怒り出したりせず、最後までじっと耳を傾けていた。

「なるほど、そういうことだったわけね……。ふぅん……」

あきらがカチャリと音を立ててカップを置く。あからさまに怒っているわけではない。だけど、浮かんでいる表情はあきらかに不機嫌そうだ。

沙良を改めてまじまじと見つめてくる彼女の目は、脆弱な小動物を睨みつける山猫のように、鋭く光っている。

正直言って、今すぐにでも顔をそむけたい。だけど、そうするとなんだかいろいろと負けてしまいそうでいやだ。

沙良は無理に顔を正面に留めて、まっすぐにあきらの視線を受け止めた。

あきらの顔に、一瞬だけ意外そうな表情が浮かぶ。

「さっきリクちゃんをざっと診察してみたけど、経過は良好みたいね。今の調子だと、おそらく完治までひと月もかからないと思う。そうなると、あなたはひと月を待たずにここを出ていくわけよね？」

「……はい」

沙良は残りたいと思っているが、今後のことはまだ亮也と話し合っていない。亮也の恋人宣言があったとはいえ、一緒に暮らし続ける約束はしていないのだ。ここに住み続けたいというのは、沙良の願望でしかなかった。

「そう。だけど、驚いたわ。いくら事情があるからといって、若い独身女性をお手伝いに雇うなんて、どうかしてる。まぁ、あなたみたいな人と同居しても、間違ってもなにかあるなんてことはないでしょうけどね。だけど、決して愉快なことではないわ」

居丈高なあきらの態度に、沙良はどう反応すればいいのかわからない。自分と亮也が恋人同士であることを、言ったほうがいいだろうか。しかし、今それを言うのは得策ではないように思う。

それにしても、彼女がなぜそこまで言ってくるのかがわからない。沙良が黙っていると、あきらが再度口を開いた。

「なんだか不満そうな顔をしているわね。ふん……まぁ、だいたいは想像つくわよ。あれだけのイケメンだものね。誰だって惹かれちゃうし、その気持ちもわからないでもないわ。でも、もしそういう気持ちを持っているのなら、今すぐに捨ててちょうだい。だって、無駄だから。亮也は私の婚約者なのよ」

「えっ……？」

沙良はぽかんと口を開けて、彼女の顔を見た。

「だから、亮也と私は結婚の約束をしているの。私たち、恋人同士なのよ」

そんなことがあるだろうか？

亮也は確かに、沙良を恋人だと言ってくれた。何度もキスをしたし、身体の関係だってある。

「これは、もうずいぶん前から決められていることでもあるのよ。お互い祖父が獣医師で、親友なの。その二人が話し合って決めたのよ。私と亮也がお互い三十歳になったときに、正式に結婚をするって」

あきらのおしゃべりが続くなか、沙良は自分の足元がすっぽりと抜けてしまうような感覚に襲われていた。

「ああ、もしかして、ペット感覚かしら。ふん……どうであれ、亮也ったら、きっとあなたとリクちゃんのことを放り出せなかったのね。誰にでも優しいのも困りものだわ」

ペット感覚——

確かに亮也は沙良のことをエゾモモンガに似ていると言っていたし、同一視している部分もあると言った。

だけど、沙良のことはちゃんと女性として認識していて、愛しいとも好きだとも言っている。

さっきまでの不機嫌はどこへやら。自分と亮也の将来を嬉々として話すあきらを、沙良はただ唖然として見つめ続けていた。

「だけど、このことは普段お互いに口にはしないの。どうしてかって、結婚の話題自体、亮也があまりいい顔をしないからよ。……実は亮也って、もともと結婚願望がないの。むしろ積極的に、する気がない。だから、結婚の『け』の字でも出そうものなら、速攻で機嫌悪くなるのよね」

そうであれば、どうして結婚の話が決まっているのだろうか。

「だ、だったら……」

沙良が思い切って口を開いた途端、あきらはそれに畳み掛けるようにしてまた話し出した。

「それはたぶん、自分の両親が離婚しているせいだと思うわ。しかも、あまりいい別れ方じゃなかったみたいだし。だからきっと、怖いのね。でも、亮也、動物と同じくらい子供は好きみたいよ。私だってそう」

亮也が子供好きであることは、クリニックに来る子供への対応でなんとなくわかる。この間も小学校低学年の男の子が付き添いで来院したが、半べそをかいている彼に、亮也は終始優しく接していた。

「……ってことで、私としては一日でも早く彼と結婚したいんだけど、一応、彼の意思を今のところ尊重しているの。まあ婚約者としての席は確保しているからね。とりあえず、この話は内緒よ。彼のプライベートな話だし、たかだかお手伝いさんごときが言っていいことじゃないんだから」

あきらが、自分の赤い唇の前に人差し指を置く。

ぺらぺらとまくし立てて満足したのか、あきらは立ち上がって、自らサーバーからコーヒーのおかわりを注いだ。

「もしあなたがものすごい美人だったり才女だったりしたら、私だってさすがに怒るわ。だけど、あなたったらそれに値しないんだもの。一応事情もあるようだし、亮也の顔を立てて大目に見てあげる。でも、リクちゃんが治り次第、すぐに出ていってね。それが私にできる精一杯の譲歩よ」

その場で立ったままコーヒーを飲み干すと、彼女は沙良に近づいて膝を曲げた。あきらの視線が、沙良の横顔を捕らえる。

「うーん……それにしても、どう見てもあなたって安全パイって感じね。色気もフェロモンもぜんぜん感じない。だから私も普段言わないようなことをしゃべっちゃったのかしら」

あきらがゆっくりと膝を伸ばし、背伸びをする。

「亮也とのことは、ほとんど誰にも言っていないの。言うと外野がうるさいし、私が原因で患畜が減ったとか言われても困っちゃうし。でも、今日は久々に人に言えて、なんだかすっきりしたわ。あなたって、そういう意味ではすごくいいわね。人畜無害の癒やし系って感じ。亮也があなたをお手伝いさんに雇ったのも、そういうストレスフリーなところが理由かもね。じゃ、私もう行くわね。いい？　亮也のことは早めに諦めることよ」

言いたいことだけ言うと、あきらはさっさと帰り支度をはじめた。

「あ……、今日はどうもありがとうございました！　本当に、助かりました」

沙良は深々と礼をする。それに対して、あきらは口元だけの微笑みを浮かべ、無言のままクリニックから出ていった。

一人残された沙良は、椅子に座りがっくりと肩を落とす。

「……恋人……もういたんだ……。じゃあ、なんで……」

イケメンでモテモテの獣医師は、恋人を複数持って当たり前？　まさか、そんなことあるはずがない。

抱き合ってひとつになったときの亮也は、真摯に自分を想ってくれている、少なくとも沙良はそう感じた。

だけど、それがモテる男のスタンダードだとしたら？

甘い言葉も真剣な視線も、すべてが複数の女性に平等に向けられるものであるなら……

沙良は、立ち上がってリクちゃんのところに行こうとした。けれど、リクちゃんに会ってなんと言えばいいのかわからない。今だと余計なことをしゃべってしまいそうだ。

たった今大量に流し込まれた情報を処理できずに、沙良はテーブルの上に突っ伏して、そのまま長い間動けずにいた。

＊＊＊

一週明けの月曜日。

「今日は就活はなし?」

朝食の席で亮也から聞かれ、沙良はかろうじて彼のほうを向いて「はい」と答えた。そのままそそくさと朝食を平らげ、早々に流し台に向かう。

「そうか。じゃあ、今日も一日お手伝いの仕事をよろしく」

背中を追ってくる亮也の声が優しい。

沙良は、やはり「はい」とだけ返事をして、洗いものをはじめた。

「昨日はマロンちゃんの件で大変だったな。対応ありがとう。沙良がいてくれて助かったよ」

「いえ、そんな……。私、なにも知らなくって」

昨日あきらが帰ってしばらくして、亮也から電話がきた。それでようやく、自分がおよそ三十分もの間、テーブルに突っ伏して動けずにいたことに気づいたのだ。

「それに、結果の連絡をすべきなのに、亮也さんから先に電話をもらっちゃうし……」

「仕方ないよ。いきなりのことで気が動転していたんだろうし。沙良はよくやってくれたよ。あきらも、沙良のこと『いい新人さんが入ってよかったわね』って言っていたよ」

あきらはすでに彼に報告をしていたようだ。

昨夜亮也が帰宅したのは午後十一時ころ。沙良はすでにベッドに入っていて、そのまま顔を合わせずに今朝を迎えていた。

「そうですか。……谷崎先生、すごく手際よくて、私なんかただ見ているだけでした」

実際そうだったし、むしろ自分などいないほうがよかったのではと思うくらいだ。

あきらが沙良のことを本当はどう思っているにしろ、彼女は、亮也に対して沙良を褒めることで、婚約者としての余裕を見せたのだろう。

（勝負ありって感じ？　っていうか、亮也さんも谷崎先生のこと下の名前で呼ぶんだ……。しかも、お互いに呼び捨て。やっぱり、あの話って本当なんだろうな……）

あれからいろいろと考え、もしかして千分の一くらいは奇跡の逆転劇があるかも——なんて思ったりもしていた。

しかし、やはりそんなドラマみたいな展開はありそうにない。

亮也が食べ終わるより少し前にキッチンを離れ、洗濯機を回しに行く。

それからも沙良は、なるべく亮也と顔を合わせずにすむように行動した。

まだ同居をはじめて間もないせいか、そんな沙良の行動も、亮也はさほど不自然には思っていない様子だ。

そして開院すると同時にはじまった忙しさに、沙良自身余計なことを考える暇はなくなった。

朝から患畜のラッシュで、病院は大忙しだったのだ。

その日のシフトの小山曰く、どうやら週末からの黄砂が原因とのこと。

「春は狂犬病の予防接種があるから、ただでさえ忙しい時期なの。それに加えて最近じゃ黄砂も降ってくるし……。あれって人間だけじゃなくて、ペットにもよくないのよ。アレルギーのある子とか、特に要注意」

実際、来院してきたほとんどの患畜がくしゃみをし、鼻水を垂らしている。なかには、目の周りを赤くしたりリンパ節を腫らしている患畜もいた。

沙良も小山らの指示のもと、黄砂を取り除くためにブラッシングをしたり、保定を担当したりしている。

そうするうち、動物病院の仕事のいろいろなタイミングがわかってきた。

なにをいつ片づけたらいいか、どこになにを置けばいいか。少しでも早い段階で準備ができたりすると、ちょっとだけ嬉しくなる。

亮也はもとより小山や大田も、ひっきりなしに来る患畜の対応で息つく暇もない。昼休みでさえ、交代で短時間とることができただけだ。

亮也はといえば、沙良が作り置いていたおにぎりを冷たいお茶とともに流し込み、すぐに診察に戻っていった。

「先生、田辺さんとこのブンちゃんが卵づまりかもしれないとのことですが」

「森本さんから、カメキチくんのお尻から謎の物体が出てるって電話入ってます」

診察の合間にも、電話でそんな問い合わせが入る。

結局その日すべての診療が終わったのは、午後八時半だった。ひと足先に上がった沙良は、夕食を作り、自室で仕事をしているらしい亮也に知らせた。

「わかった、ありがとう。俺はもう少し片づけていくから、沙良は先に食べてていいよ」

その返事に、正直ほっとする。

昨日あきらに聞かされたことが、ずっと引っかかり続けていた。

仕事中はまだいい。

忙しさに任せて、さほど余計なことを考えずにいられた。けれど、こうして一人夕食のテーブルについていると、考えずにはいられない。

自分史上はじめての彼氏に、婚約者がいた。出会って身体の関係を持つようになるまで、すごく短期間だったが、沙良はすっかり亮也に夢中だ。

それに、亮也と一緒に住むようになって、動物看護師になるという夢もできた。

けれどあきらの存在を知った今、このままここで暮らしながら動物看護師を目指すという希望は、もう捨てなければならない。

今思えば、亮也にそんな夢の計画について話していなかったのは幸いだったように思う。

（どうであれ、婚約者がいる人と、このまま同居なんかできないよね……）

亮也とともに暮らしながら、動物看護師を目指す。

そもそもそれは、沙良が脳内お花畑状態で思いついた自分勝手な計画にすぎなかった。

ただ、動物看護師になりたいという気持ちは変わっていない。自身の性格、適性、そして動物と触れ合うことの喜びややりがいを考えると、これ以上に望む職はない。

「でも夢の実現のためには、どうすればいいんだろう。住むところと生きていくためのお金と、そして学ぶためのお金……」

こうなったら、一日でも早くリクちゃんに元気になってもらって、ここを出たほうがいいのだろうとは思う。でも、そのあとのことをきちんと考えておかないと、当面の生活すらできなくなる。

「あ～あ……。どうなるんだろう、私の人生……」

＊＊＊

黄砂（こうさ）フィーバーはその後二日ほど続いた。そしてそれが終わってもなお、予防接種待ちの患畜（かんちく）と飼い主で、待合室は大賑わいだ。

沙良は、日々忙しい亮也やスタッフのために昼食を用意したり、使い走りをしたりしている。

「こんなに忙しくて、皆大丈夫かな……」

普段から自宅トレーニングで体力をつけているという亮也だけど、連日の忙しさや時間外の診療に追われ、さすがに夜はベッドに直行だ。

朝食は一緒でも、昼も夜も忙しく、どうしても食事をとる時間は別々になってしまう。

そんな毎日が金曜日まで続き、土曜の診療も、結局は夕方まで続いた。続く日曜日は臨時の手術が入り、一日ずっとばたばたしていてこれまた落ち着かず。月曜日の夜になって、ようやく亮也と夕食をともにすることができた。

そうは言っても、二人きりではなく、中村も一緒だ。診療が終わったあと、亮也がその日シフトだった中村と大田を誘ったのだ。

「よかったら外でごはん一緒にどうですか？　家の都合もあるでしょうから、今日がダメなら後日でもいいですよ。もちろん、俺のおごりで」

「私は大丈夫～。うちの人、今出張中なのよ」

それは、連日の激務に対する亮也なりの慰労の意味合いを含んでいた。

「うちは明日以降がいいかなぁ。今晩、娘が帰ってくるって言ってたから」

結果、とりあえず今日は中村と夕食をともにすることになり、大田は明日、小山と相談の上で決めるということで話がまとまったのだ。

「じゃ、行きましょうか」

出かける寸前にもう一度リクちゃんとマロンちゃんの様子を確認して、クリニックの鍵を締める。

どこでなにを食べるか。その決定権は中村に委ねられた。

「疲れたときには酸味のあるものが食べたくなるわね～」

そんな意見をもとに、行き先は駅向こうにある中華飯店に決まった。黒酢を使った酢豚が絶品だという。

店に入り、三人で注文をすませる。ほどなくして、目の前に湯気の立つ皿が運ばれてきた。

「うわ！　これ、おいしいですね」

ひと口食べて、沙良は目を丸くする。

「でしょ～？　ここのお店、なんでもおいしいわよ」

いつなんどきでも、食事の時間がくればおなかが空いていた沙良だったけれど、さすがにここ一週間は食欲がなかった。

おなかは減る。けれど、いざ食べようとすると、あきらの顔が脳裏に浮かんでしまい、食べる気がうすれていたのだ。

「私、いままでこんなにおいしい酢豚って食べたことないです。これ、家でも作れたらいいなぁ。中華ってあまり作ったことなかったけど、これからはもっといろいろな料理に挑戦してみようと思います」

後半はほぼひとり言のようなものだったのに、亮也はそれをちゃんと聞いてた。

「期待してるよ」

亮也が言い、中村がなにやら意味ありげに含み笑いをする。

「そういえば沙良ちゃん、就活はどう？」

「はい。実はまだ滞ってます……。さすがにこの時期になると、なかなか……」

沙良が口ごもると、中村は「ドンマイ」とにっこりと笑う。

「そうそう、ここはじっくりと、ね」

先日亮也にも同じように聞かれ、今と同じように答えていた。

事実、時期的に就活自体が難しくなっているため、沙良の就活はいったん小休止していた。けれど一番の理由は、動物看護師を目指すと決めたからだ。

だからこそ、もう一度現状を踏まえた上で、将来について熟考する必要がある。

酢豚のほかにも頼んだ料理が届き、それに合わせて、中村が桂花陳酒というお酒を一瓶注文する。

「沙良ちゃん、知ってる～？　これ、キンモクセイを白ワインに漬け込んでできたお酒なのよ。ちょっと甘いけど、私は大好きなの。かの楊貴妃も好きだったらしいわよ～。うふふっ」

飲む前からご機嫌な中村に勧められ、沙良もソーダで割ったものをちょっとだけ口に含んだ。思いのほか飲みやすい。気がつけば、コップ一杯分を飲み干していた。

「私はもうこれでおしまいにします。そうでないと明日起きれなくなりそう」

「あら～、先生がいるから大丈夫よ。ね、先生？　こ～んな可愛い子が同居してくれて、ほ～んとよかったわよねぇ。うふふ～」

アルコールが入った中村は、普段より語尾が伸びる回数も、おしゃべりも増えている。

「か、可愛いって……。中村さんったら褒め上手……」

沙良が照れると、中村はばたばたと手を振る。

「いや、本当にそう思っているから言ってるのよ～。ね、先生。沙良ちゃんっていい子よね～。入ってもらってよかったでしょう？　よく動いてくれるし、勉強熱心だし。沙良ちゃん、いっそこのまま先生のところで働きながら、動物看護師になっちゃえばいいのに～」

中村の言葉に、沙良は驚いて咳き込みそうになったが、なんとか笑って誤魔化した。

たっぷり二時間かけて食事を終えると、駅前で別方向へ行く中村を見送る。沙良は亮也とともに、クリニックに向かって歩きだした。

アルコールが入っているせいか、思ったよりも気まずく感じない。

(亮也さん、いったいどんなふうに考えているんだろう？　私と二人で歩いて、気まずいっていうか、後ろめたくないのかな。亮也さんにとって、恋人ってなに？　本気の相手って、一人だけじゃないの？）

先日あきらと対峙してから、頭のなかがゴチャゴチャな状態がずっと続いている。

彼女のことを思い出すたびに、地団駄を踏みたくなる。そのせいか、いつの間にか早足になっていたみたいだ。

「沙良、どうした？　そんなに急いで歩くと、酒が回るぞ」

そのとき、女性の声が聞こえた。

「藪原先生、こんばんは！　こんな時間にどうされたんですか？」

見ると、先週来院してきたミニチュアダックスフントの飼い主の女性だった。

ミモザ色のスプリングコートを着たその人は、人妻ながら、まだ二十代後半で、ヨガのインストラクターをしていると聞く。

どこかに出かけた帰りなのか、片手にはショッピングバッグを二つぶら下げていた。

亮也がなにか返事をしている間に、沙良はくるりときびすを返し大通りのほうに走り出す。

一度走り出すと、自然と足が加速していく。さほど人通りがある時間帯でもないから、人にぶつかる心配もない。

（人妻まで守備範囲なの？　美人なら誰でもいいの？）

気分はさしずめ、ライオンから逃げるウサギだ。獲物と見ればぜんぶ捕獲してしまうような猛獣からは、逃げ出してしまうに限る。

（走れ！　走れ！　逃げろ！　逃げて逃げて、逃げ切っちゃえ！）

頭のなかで自分にそんな訳のわからないかけ声をかけながら、沙良は走り続ける。

大通りに辿りつくと、左に曲がりまたまっすぐに走った。

クリニックの手前で、ようやくスピードを落とす。周りの風景が、ぐらぐらと揺れているような気がした。

「沙良！」

「わっ！」

振り返ると、獅子のように髪をなびかせて亮也が追いかけてきていた。驚いてとびあがり、前方につんのめる。

転ぶのを覚悟して身体を丸くしたけれど、いつまでたっても痛みはやってこない。

ぐるぐると回る視界のなか、亮也の声が間近に聞こえた。

「今度こそ捕まえた。沙良、どうしてそんなに逃げ足が速いんだ？」

亮也によると、フェロモンは無味無臭らしい。けれど、沙良の鼻腔は、えもいわれぬ魅惑的な匂いをはっきりと感じていた。

「ん……う……ぅん……」

目を開け顔を横に向けると、充電式ライトのカメコが枕元で光っていた。三段階のうちの、最も暗い灯りだ。

いつもなら一番明るい灯りで眠るのに、操作を間違ったのか、途中で手でも当たったのか。

「ふぁ〜あ……」

大きくあくびをしながら、寝返りを打つ。すると、目の前に亮也の顔があった。

「わ！　り、りょ……っ……」

「おはよう、沙良。よく眠ってたね」

にっこりと微笑むのを見て、一瞬緊張しかけた筋肉がふにゃりと弛緩する。これも条件反射だろうか。

「あの……私……」

沙良は、懸命に今の状況を把握しようとした。

確か、駅向こうの中華飯店で食事したはず。駅前で中村と別れて、それからすぐに亮也が美人の既婚ヨガインストラクターに声をかけられ……

「沙良は、俺がミニチュアダックスフントの飼い主さんと立ち話をしている間に、その場からダッシュで逃げ出したんだ。ほんと、驚いたよ。いきなり走り出すんだから……」

亮也のキスが、沙良の唇をかすめた。ほんの少しだけの刺激なのに、身体の奥に疼くような熱が宿る。

「それで俺も、咄嗟に走り出してた。まるで獲物を追う猛獣に憑依されたみたいにね。だけど、獲物は予想外に逃げ足が速いし、途中障害物もあって追いつくのに結構苦労したよ」

「ぁんっ……！」

話しながら、亮也が沙良の左乳房を揉み込む。その感触にはっとして下を見ると、着ていたはずのシャツも下着もない。

「覚えてない？　沙良はクリニックの前まで全速力で走って、そこで俺に捕獲された。それから速攻で眠りこけて、揺すっても起きなかったんだ。どうだ、もう酔いは醒めたか？　気分は悪くない？」

「……はい、大丈夫です」

なんて恥ずかしい！

たったあれだけのアルコールでここまで酔っ払うなんて。

きっと、走ったのがいけなかったのだ。そうでなければ、うっかり眠りこけることなんかなかっただろうに。

「よかった。一応水を飲ませたりして反応を見ていたんだけど、気持ちよく寝ていたから無理に起こすのは止めて……、でも走って汗をかいていたから、風呂に入れたよ」

「ふ、風呂っ？」

沙良は両方の太ももをもぞもぞとすり合わせた。

思ったとおり、下半身も生まれたままの姿だ。

「うん、俺はもう沙良のぜんぶを知っているし、今さら恥ずかしがることもないだろ？」

「は……恥ずかしいですっ！　十分っ……」

抗議する唇を指先で摘むと、亮也がそのまま噛りつくようなキスをしてくる。横向きになっていた身体が仰向けになり、彼が上から覆い被さってきた。

「あぁ、うまい。沙良といると、自分が獣になった気分になる」

「私は……亮也さんといると、自分が獲物になった気分になります！」

「やっぱり？　だけど、沙良を風呂に入れるのは結構大変だったよ。沙良のことエゾモモンガって言ったけど、実際に洗ってみると、昔飼ってたボーダーコリーくらい手間がかかった」

「今度はボーダーコリーですか？　私、一応人間の女子ですから！」

「ははっ、わかってるよ」

亮也が笑い、沙良のうなじに鼻筋をこすりつける。

「相変わらずいい匂いだ。沙良がこんなふうにフェロモンをだだ漏れさせてるのがいけないんだぞ。俺は、それにきちんと反応しているだけだ。健康な成人男性の、至って正常な反応だよ」

亮也の脚が、沙良の両方のふくらはぎにからんできた。彼の脚の筋肉を感じながら、ふとあきらの言葉が頭をよぎる。

『どう見てもあなたって安全パイって感じね。色気もフェロモンもぜんぜん感じない』

それは自分でも十分に自覚している。それに、実際男性の反応もさっぱりだった。なのに、どうして亮也だけはこんなことを言うのだろう？

亮也のフェロモンに関しては、女性全般が反応している気がする。そんな亮也をピンポイントで反応させる沙良のフェロモンなんて、本当に実在するのか。

「でも、私のことをそんなふうに言ってくれるのは、亮也さんだけです。誰も私にフェロモンなんか感じないし、谷崎先生にも――」

勢いに任せてあきらの名を口にしてしまい、沙良はあわてて口をつぐんだ。

「ん？　あきらに、なにか言われたのか？」

「えっ……。ど、どうしてですか？」

「どうしてって、いかにもそうだって様子だから。ほら、正直に言ってごらん。雇用主からの業務命令だ」

そんなふうに言われたら、まるっきり言わないでいることもできない。沙良は言葉を慎重に選びながら、できるだけ気軽な感じで話そうと努めた。

「別に、たいしたことじゃないんです。当たり前のことをズバリと指摘されたっていうか……」

沙良は、見習いであるがゆえに、あきらの手伝いができず彼女に面倒をかけてしまったことを話した。

「なるほどね。あきらはせっかちだからな。……で、ほかにもっと言われたんだろう？」

亮也が、沙良の目をじっと見つめる。ここで下手に隠しても仕方がないだろう。

「……亮也さんと谷崎先生のお爺さまが、親友同士だと……。それで、自分たちは三十歳になったら結婚をする約束をしているって……言われました」

「えっ？　俺とあきらが結婚？」

沙良の言葉に、亮也は眉根を寄せた。少しの沈黙が流れ、彼は考えを巡らせるような表情を浮かべる。

「あぁ……、お互いの祖父が獣医師で知り合いだっていうのは本当だ。だけど、親友だったとは聞いたことがないし、ましてや結婚の約束なんかしていない。確かに昔、そんな話が出たことはあったらしいけど、あくまでも爺さん同士が交わす軽口だ。正式なものでもなんでもないし、誰も本気になんかしていない」

「でも、谷崎先生は、そうはっきりおっしゃいました。……だから、私が亮也さんと同居していること自体が不愉快だって……」

そこまで言って、さすがに視線を上げていることがつらくなる。口を閉じ、下を向いた。

亮也はそう言うけれど、あきらのほうは明らかに本気だった。それに、今沙良が伝えた話を聞いたあとの彼の反応は、どこかいつもの亮也とは違っているように思う。

もし本当に結婚の話が、ただの冗談なら、もっと明るく笑い飛ばしそうなものだ。だけど、さっきの亮也は、そうではなかった。彼の言うことを信じたい。けれど、あきらの態度と合わせて考えると、やはり二人の結婚話については、なにもないとは言えないのではないだろうか。

少なくとも、あきらが嘘をついているようには思えない。かといって、亮也がとぼけているようにも思えず、沙良は困惑した。

「ふーん……、だからここのところ、やけによそよそしかったんだな」

先ほどまでとトーンを変え、亮也が軽く笑い、沙良の髪の毛を摘んだ。

「えっ？　べ、別によそよそしくなんか——、ん……っ……」

亮也の舌が、沙良の口のなかに滑り込んでくる。さっきまでとはぜんぜん違う、濃厚でものすごくエロティックなキスだ。

「もしかして、やきもちを焼いてくれた？　心配しなくても俺とあきらはただの友だちだよ。同じ大学で学んで、たまたま祖父同士も知り合いだったってだけだ。彼女、結構思い込みが激しいから、なにか勘違いしているのかもな」

勘違い、というレベルではなかったと思う。それほど彼女の口調は強かった。

そういえば、あきらは、亮也には結婚願望がなく、結婚の話題自体、いい顔をしないと言っていた。

（もしかして、今がそうなの？）

確かに、今の亮也は結婚についての話を切り上げようとしているかに思える。

だとしたら、二人が婚約者だというのは本当なのかもしれない。そして、亮也に結婚願望がないというのも。

（でも、亮也さんは違うって言ってるんだもの。誰の言うことを信じればいいかって、亮也さんの言うことに決まってるし。きっと、何かいろいろと複雑な事情とかあって……。とにかく、亮也さんがああ言うんだから、それを信じるしかないでしょ）

沙良はそう自分に言い聞かせて、一人小さく頷く。

「それはそうと、沙良。ここへ帰ってきたのが午後十時過ぎで、今午前〇時を少し回ったところだ。その間、俺は沙良の身体に必要以上には触れていない。つまり、俺はかれこれ二時間ほど、お預けを食らっているんだ」

亮也の膝が沙良の両脚の間に割り込み、左右に大きく広げる。

「我ながらよく我慢したと思うよ。ってことで、そろそろ抱いていいか？　ダメだと言われても、聞ける自信はまったくないけど。やきもちを焼くなんて可愛いところを見せられたしね。うん、ごめん、やっぱり断るのは止めにしてほしいな」

沙良を見る亮也の目が、綺麗な琥珀色に染まっている。そんな彼の目に簡単に魅入られてしまう。

(ダメよ沙良。流されちゃいけない)

頭の隅で、警告するようになにかが鳴っている気がする。

もし、あきらが言っていることが事実なら、もうこんな関係になるべきじゃない。婚約者がいる人と恋愛なんかして、幸せになれるはずがないのだ。

そうでなくても、所詮自分には彼のようなイケメンのモテ男を恋人に持つなんて無理な話だったのかもしれない。

亮也のことは心から想っている。でも、だからといって今の不安定な立ち位置のままで、彼がほかの女性とイチャつくのを見るのも耐えられない。

そうだ——

だからさっき、亮也から逃げ出したのだ。

なのにまた捕まって、甘い囁きに惑わされそうになっている。

薄く開けた唇の隙間を、亮也の舌がそろりと横に割った。たったそれだけのことなのに、全身の肌が粟立つ。

「沙良、好きだよ。沙良は身体中のあちこちが感じやすいんだな。まだまだ暴き甲斐があって、嬉しいよ」

蜜窟の入り口に、亮也の屹立が当たる。切っ先で縁を丁寧にたどられ、脳天がじぃんと痺れた。

「沙良をぜんぶ知りたい。なかも外も、すべてひっくり返して詳らかにしたい。沙良を俺の目のなかで泳がせたいって思うよ。ほら、あれ――『目のなかに入れても痛くない』ってことわざ。あれが恋愛にも適用可能だとは思わなかったな」

亮也がどこからか避妊具の袋を取り出し、端を歯で噛み切って開封する。

（嬉しい……。でも、すごくエッチ……）

そんな幼稚なフレーズが思い浮かぶ。

同時に、かろうじて鳴っていた頭のなかの警告音が、ほぼ聞こえなくなっていることに気づいた。

首筋へキスが落ちる。

（ちゃんと確かめないとダメなのに……。でも……亮也さんが好きなの――）

自分に言い訳をし、今はそれでいいと納得する。

馬鹿でも愚かでもいい。

亮也を諦めたくなかった。

たとえ一千万分の一でも可能性があるなら、どんな努力もする。亮也のたった一人の人になりたいと思う。

せっかくのはじめての恋を、なにもしないまま終わらせることはどうしてもできない。

「好きです、亮也さん……好き……大好き」

「沙良……、入るよ」

亮也が腰を前に進めると同時に、沙良の蜜窟が彼の屹立を招き入れた。そして、すぐにきつく締めつける。

「あぁっ……！　あっ……亮也さんっ……」

「んっ、沙良っ」

沙良のこめかみのそばで、亮也の歯がギリリと軋むのが聞こえた。

「は……ぁっ……、あ……んっ……ん、ん……」

沙良のなかで、亮也の屹立が硬さを増す。

内壁をぎりぎりまで押し広げられ、奥に潜む悦楽のふくらみを圧迫された。そこをえぐるように突き上げられ、目のなかに真っ白な光線が降り注いだ。

「イったろ、今……」

「嘘だ」

亮也が小さな笑い声を漏らした。沙良はなぜかむきになって、頭を横に振る。

「……嘘、じゃない……」

「ほんとに？　じゃあ、もっと奥を突いてみようか」

亮也の手によって、沙良の両方のふくらはぎが亮也の肩にかけられる。

彼はそのまま、腰を緩(ゆる)く動かした。沙良は啼(な)き声を上げながら、彼の顔を睨(にら)みつける。

「あっ、……んっ！」

「好きだよ。そんな顔をする沙良も、とろとろにとろけた顔をしている沙良も」

「ゃぁあんっ……、ん、あ、あっ……あああっ……！」

亮也がどんなふうに動いても、なにを言ってもいちいち感じてしまう。なにがなんだかわからないくらい、気持ちいい。

「もう一度、言って。俺のこと、好きって」

「好き……。亮也さんが、好き……、ぁあああっ……！」

そう口にした途端、目蓋(まぶた)の裏にたくさんの星が降った。

喘(あえ)いでいる唇に食(は)むようなキスをされて、快楽の波が身体中に打ち寄せる。

ベッドに仰向けになっているのに、まるで波に揺られているように身体がふわふわした。

亮也の屹立(きつりつ)が沙良の身体から抜け出る。

「いやっ、やだっ！」

自分でも、ねだっているのかなんなのか、わからない。

「ほら、そうやって焦れてる顔も大好きだよ」

亮也が左胸に吸いつき、舌で先端をいたぶる。

指で沙良の花芽を摘み、残りの指で蜜窟のなかを愛撫した。

「きゃあ、……んっ、あぁ……」

次々に襲ってくる快楽に耐えきれず、あられもない声を上げ続ける。

亮也がうなじをそっと掴み、沙良の顔を正面から見据えた。

「んっ……ぁ、恥ずかし……から、見ないで……っ、ゃあんっ……」

「なんで？　こんなに可愛いのに。それに、すごくエロい。もっと啼かせたくなる」

蜜窟から指が抜かれた。

抱き寄せられて、そのままうつぶせにされる。背中の至るところにキスが落ちた。

沙良はため息のような嬌声を上げ続けることしかできない。

腰を持ち上げられ、双臀を揉みしだかれる。

「沙良の四つん這いになったお尻、最高にいやらしいな。オスを誘う発情期のメスよりもいやらしい」

亮也の荒い息遣いが聞こえ、肩甲骨の線を舌でくすぐられた。

「やっ……。そんなこと言うなんて……。亮也さんって、ほんと意地悪っ……。どんどん意地悪になっていくみたい――、あんっ！」

腰を落としたいのに、亮也がそうさせてくれない。うなじのところどころを甘噛みされ、くすぐったくて思わず腰を振る。

「でも、好きなんだろ？　それとも、もう嫌いになった？　……うん？」

「ひっ……！　ぁ、ああんっ！」

後ろから、亮也のものが入ってきた。勢いよく突かれ早々にとろける。

うっかり隙を見せると、すぐにつけ込まれるのだ。

彼は上から目線のくせに、愛撫は痺れるほど甘い。Sっ気のある言い方に身も心も懐柔され、あっけなく屈服するしかない。

「す……好き……。すき……。嫌いになんか……な……、ああっ！」

「いい子だな、沙良」

後ろから伸びてきた手に顎を掴まれ、振り向いた唇に長いキスをもらった。

その間も、沙良の身体に彼は入ったままだ。

唇を解放され、激しく突き上げられた。耐え切れず、上体がベッドに落ちる。そのせいで、蜜窟を愛でる屹立がきつく沙良の内壁を抉った。

思わず前へ逃げようとしたが、亮也に腰を捕われる。蜜が花芽を伝い垂れるほど、なかを愛撫された。

「あんっ……りょうや……さんっ……。いやっ……ぁんっ……」

小さく叫ぶ自分の声が、信じられないほど甘ったるい。

「嫌か？　じゃあ、抜く？」

面白がっているような亮也の声が、沙良の耳元で聞こえた。

「や……っ……、ぬ……抜いちゃ……！　ダメっ……」

耳を疑うほど淫らな声を上げ、亮也の思うままにせがんで甘い蜜を垂らす。

まるで、最強の野獣に捕らえられ、食べられる前にさんざん嬲られる小動物になった気分だ。

その野獣は、遠慮なく噛みついてくるかと思えば、牙と舌を使い分けて優しく愛撫してくる。

それに慣れ、むしろもっとしてほしいと思う始末。

そんな自分が恥ずかしくてたまらない。

けれど、そんな羞恥心すら、もはや亮也と抱き合うときの潤滑油になっている。

きっと、これから先もっと彼に惹かれる。それは沙良にとって、確信だった。ここまで来てしまったら、もう気持ちは抑えられない。

「沙良、何を考えているんだ？」

亮也の腕に導かれ、繋がったままの状態で身体が反転した。突き当たっている彼の切っ先が、沙良の内奥を軸にぐるりと回転する。

「ぁぁぁあっ……！　あ……っ、あ……、ぁぁ……」

刺激に反応して、沙良の蜜窟が繰り返し収縮した。亮也のものが、沙良のなかで質量を増す。

今、少しでも動かれたらイってしまう——

そう思い、息を潜めて唇を噛む。すると、亮也が沙良の耳朶を唇に挟んだ。

「ひっ……ぁ……」

全身の肌が熱くざわめき、下腹に生じている熱の塊が破裂しそうになる。

「沙良、答えないのか？　……うん？」

きっと彼は沙良がどんなふうになっているのか、わかっている。その上で耳を愛撫し、今また乳房の先を指で軽くいじっているのだ。

「だっ……て、答え……ら……、あんっ！　ふぁぁ……っ！」

亮也の腰が動きはじめると同時に、得も言われぬ快楽を感じ、全身が総毛立つ。

次の瞬間、彼のものが身体から抜け出た。

「やっ！　あんっ！」

「だって、なに？」

にやりと笑う亮也の顔を見て、沙良の頬が赤くなって膨らむ。

「だ……だって、亮也さんが、答えさせてくれないから……」

「そうだっけ？　……沙良、俺の肩にしがみついて」

言われたとおりにすると、そのまま背中を抱き起こされた。そして、正座した彼の膝の上に馬乗りになる。

「だって、しょうがないだろう？　沙良が好きで、構いたくて仕方ないんだ。一日中でも可愛がってやりたい。きっと、これからもっと沙良にのぼせ上がると思うから、覚悟しておいて」

「……そ……それです……！　きっとこれから先、もっと亮也さんを好きになっちゃうんだろうなって……。私も、そんなふうなこと考えていました」

沙良の答えを聞いた亮也が、頬を緩めキスをする。

「沙良、なんて言っていいかわからないくらい嬉しいよ」

亮也のキスが、胸の先に移った。

「ああんっ……！」

ちゅくちゅくと唇を動かしながら愛撫され、思わず腰が浮いた。

蜜窟の縁に、彼の切っ先があたる。

「沙良、そのまま腰を落としてごらん」

そう言いながらも、亮也は唇を乳房から離さない。下から見上げてくる視線が、震えるほどエロティックだ。

沙良は、それに魅入られたようになって、そろそろと腰を落とした。

「ぁああっ！　あっ……、あ、あぁっ……！」

蜜の音を響かせながら、彼の屹立が沙良に入ってきた。

見つめてくる亮也の目が、獰猛な獅子のようだ。

頭のなかがかっと熱くなり、上体がまるで酔ったようにぐらぐらした。

沙良は、いっそう強く亮也の肩にしがみつく。そうしていなければ、今にも身体が倒れそうだ。

「沙良、自分でも動いてごらん」

胸を愛撫する合間に、亮也がそんなことを言う。ただでさえ感じているのに、この上自分で動けだなんて――

しかし彼に逆らうことができず、少しだけ腰を前後に揺らした。たちまち甘い声が漏れる。

「いいよ、沙良。もっと好きなように動いてみて」

そう言いながら、亮也は執拗に胸の先を舐めまわす。

「んっ……、は……ぁっ……。そ……、そんなの……できな……ぁ、ああんっ！」

もう降参とばかりに首を横に振ったとき、亮也が下から強く突き上げてきた。

「やぁ……っ……、あ……」

亮也の屹立が、蜜窟の最奥に達する。しかしそれで終わらず、彼はさらに奥を目指してくる。

激しく上下に揺らされ、目の前に銀色の光が降り注いだ。

まるで、彼のものに射貫かれたようだ。沙良は身体を震わせ、亮也の肩に倒れ込む。

「まだだ、沙良。もう少しだけ、沙良と――」

亮也の腕に腰を強く抱かれ、揺さぶられる。

なかをかく亮也の括れが、いっそう硬く張り詰めて蜜窟をかき混ぜた。

きつく目を閉じたまま身体をのけぞらせると、自分の身体が放り出されるような感覚に陥る。

「り……ょうやさんっ……」

倒れそうになった身体を、亮也の腕がしっかりと抱きとめる。

「沙良っ」

身体のなかに、亮也の脈動を感じる。腰の突き上げが、さらに激しくなった。

「いっ、やあ……あっ！　……んっ」

亮也が蜜窟の中で爆ぜるのを感じた。

沙良はぐったりと亮也の胸にもたれかかり、大きく深呼吸をくり返す。

「大丈夫か？　ごめん、ちょっと無理させたな」

亮也が沙良の背中を撫で、抱き合ったままの身体をゆらゆらと揺らす。沙良は首を横に振り、亮也に抱きつく腕に力を込めた。

こんな人、ほかにいない。きっと、この先どんな人と出会おうと、これほど心揺さぶられることはないだろうと思う。

「亮也さん……。好きです……」

亮也が沙良を、きつくかき抱いた。

「俺も沙良が好きだ。大好きだよ」

その言葉に嘘がないことは、亮也の目を見ればわかる。

(亮也さんを信じる……。亮也さんは、絶対に嘘なんかつかないもの……)

これから先、誰がなにを言おうと、亮也の言葉だけは信じられる。

そう思いながら、沙良は亮也の胸に頬をすり寄せた。

＊＊＊

それからしばらくの間、沙良は一人、あきらのことを思い出して戦々恐々としていた。

亮也はあきらの話を事実ではないと言ったし、沙良は彼の言葉を信じようと決めている。

しかし、その話をしたとき、亮也が妙に深刻な表情を浮かべていたことが気になってはいた。そして以後、彼の口からあきらについて語られることはない。あきらからのアプローチも特になかった。

四月も半ばを過ぎたある日。

沙良は、朝食の席で亮也と向き合って座っていた。

彼と出会って、そろそろひと月になる。

その間に、予想だにしないことがいくつも起きた。

就活を除けば、比較的平坦な日々を送ってきた沙良だ。けれど、ここへきて人生最大の波乱にみまわれている。

その日の朝食の席で、沙良は意を決して亮也に言った。

「できれば今日は丸一日、クリニックのお手伝いをさせてもらえませんか。その……できればもっと皆さんのお役に立ちたいので、仕事を早く覚えたいっていうか……」

本当なら、もっと前に動物看護師を目指したいという考えを明かし、それについて亮也に相談にのってほしかった。けれど、あきらとのことがあり、結局ずるずると言いそびれているのだ。

「もちろん、いいよ。沙良がそんなふうに考えていたなんて、すごく嬉しいよ。じゃあ、今日一日俺についてて。小山さんと大田さんには俺から言っておく。それと、今日はお昼の用意はお休みでいいよ」

「はい、ありがとうございます」

にっこりと微笑む亮也の顔は、相変わらずびっくりするほどかっこいい。

「ごちそうさま。おいしかったよ。……っと、どうした？　俺の顔になにかついてる？」

沙良の視線に気づいたのか、亮也がテーブル越しにぐっと顔を近づけてきた。

「い、いえっ……。あの……あいかわらずかっこいいな……って」

思わず椅子に座ったまま顔を後ろに引くと、亮也が席を立って沙良に近づいてきた。

「そりゃどうもありがとう。沙良もあいかわらず可愛いし、俺限定の性フェロモンを発してくれているよ」

「ひゃっ……！　りょ、亮也さ……、あんっ！」

沙良のTシャツの裾（すそ）が肩までまくられ、ブラジャーのホックがパチンと外された。

「やっ……、ちょっ……。亮也さんっ……。こんなとこで……」

亮也の左手が沙良の右の乳房を包み、先端を指の間に挟みこむ。

「沙良がいけないんだろ？　俺をやたらと誘うから……」

右の乳先を食（は）むように愛撫される。見ると、胸元にうっすらと赤い痕（あと）が三つほどついていた。

顔を赤くする沙良を、亮也が上目遣いで見る。

淫靡な水音とともに、唇が乳房から離れた。

「キスマーク、なんでついたかちゃんと覚えてるだろうね？　もう一度言ってごらん。『亮也さんの印、もっといっぱいつけてください』って」

「わーーっ！　わわっ！　いっ……言わないでくださいっ！　そんなの、もう忘れてくださいっ！」

「いやだね。それに、忘れろったってそう簡単には忘れられないよ」

「きゃっ……！　ぁんっ……！　あ……ん、んっ……」

亮也はもう一度かぷりと、右の乳房を甘噛みした。

確かに、言った。そのことははっきりと覚えている。

この前亮也に抱かれているとき、乳房にキスマークがついたことを亮也が謝ったのだ。

だけど、自身に薄くついたそれを見たとき、ぞくぞくするような高揚感に襲われてつい口走ってしまい――

「あれ、すごく興奮したよ。沙良は、俺を煽るツボを心得てるな」

また唇が重なる。

煽ってなんかないし、むしろ煽られているのは自分だと思っている。

沙良はまるで、亮也に捕らわれた獲物だ。野獣はその獲物を、好きなときに取り出しては愛撫し、好きにいじるのだ。その獲物はというと、どんどん彼に魅せられて、逃げ出せなくなっている。

「あ、電話――」

ちょうどそのとき、ダイニングの電話が鳴った。それはクリニックとして使っている番号であり、診療時間外にかかってくるのは急患のみだ。

亮也が応答に向かう。

「――はい、わかりました。じゃあ、お待ちしてます。お気をつけてお越しください」

通話を終えて振り向いた彼は、眉間にしわを寄せていた。

「今の緊急の電話ですよね？　もしかして、福井さんのところの美々ちゃんですか？」

「うん、そうだ」

美々ちゃんは、先週来院したヨークシャーテリアだ。

クリニックがオープンした当初から来院している常連犬で、十六歳という高齢のせいで腎臓の機能低下が顕著だと聞いている。

「どうかしたんですか？」

美々ちゃんとはたった一度しか会っていないけれど、飼い主との強い絆を感じて、特に印象に残っていた。

「今朝からあまり元気がないらしい。心配だから朝一で連れて来るそうだ。じゃ、先に下りてるから準備ができたらおいで」

きびすを返した亮也が、部屋を出ていく。

準備を終えて下に行くと、すでに福井が来院していた。

そっと処置室に入ると、白髪頭の福井と目が合う。昔教師だったという彼女は、十年前にご主人と死別して今は一人暮らしをしているそうだ。

「福井さん、おはようございます。美々ちゃん、おはよう」

挨拶（あいさつ）をすると、福井はにっこりと微笑んで挨拶（あいさつ）を返してくれた。人見知りの沙良だけど、彼女のように穏やかな性格の人となら、割とすんなりと打ち解けることができる。

「美々、最近あまりごはんを食べてくれないのよ。そのせいか、元気がなくなっちゃって」

力なく笑う福井に、処置を終えた亮也がにこやかに声をかけた。

「大丈夫ですよ。たぶん、先週ちょっとおなかを壊したからでしょう。ほら、美々ちゃん、こんなのはどうかな？」

亮也が針のない注射器を使い、美々ちゃんの口に柔らかな療養食を少しだけ流し込む。美々ちゃんは舌をペロペロと動かしたあと、口のなかのものを咀嚼（そしゃく）しはじめる。

「あら！　美々がおいしそうに食べてる！」

福井が驚いた顔で、嬉しそうに言った。

「美々ったら、さっきまで水も飲まなかったのに……。でも、よかった。実はね、もうダメなのかなって諦めていたんですよ」

「いえ、美々ちゃんはまだまだ長生きしますよ。諦めちゃいけません、大丈夫ですから」

「はい、先生。よかったね、美々。まだ長生きできるって」

ほっとした様子の福井に、亮也がエサの種類の変更を提案する。

本当は、美々ちゃんは自宅で毎日点滴をしたほうがいいらしい。しかし、何度かチャレンジをしたものの、福井はどうしても愛犬に針を刺すことができなかったそうだ。

「前も言いましたが、少しでも具合が悪そうなら、いつでもいいですから連絡をください。近所ですし、夜中でもすぐに点滴を持って駆けつけますから」

亮也がおどけたふうに走る真似をすると、福井はおかしそうに笑いながら頷いた。

「ありがとうございます、先生。先生がいてくれるから美々も私も安心して暮らせますよ」

福井は、笑顔で美々ちゃんとともに帰っていった。それからすぐに小山たちが出勤してきて、まもなく開院時刻になる。

入り口を開けた途端、待ってましたとばかりにひと組の患畜（かんちく）と飼い主がやってきた。鮮（あざ）やかなピンク色の髪をした若い女性飼い主は、診察室に入るなり感嘆の声を上げる。

「友だちに紹介されてきたんだけど、先生ってばイケメンすぎ～」

（うん、確かに）

心のなかで頷くと、沙良は邪魔にならないよう部屋の隅（すみ）に陣取る。

飼い主が持参したケージから出てきたのは、おなかが膨らんだ小さなヘビだった。診察の結果、どうやら卵がうまく産めずにいるらしい。

処置室に移り、カルシウムを投与して少しずつ卵をずらしていく。ほどなくして無事卵を産み終えたヘビは、ご機嫌の飼い主とともに部屋を出ていった。

その後、予防接種の犬が二匹続いて、休む間もなく、くちばしが伸びすぎたアカミミガメが来院する。

（あ、これってリクちゃんも前になったことがある）

歯科医師が使うリューターという工具でくちばしを削り、ついでに伸びていた爪も切って、無事処置が終わる。

その次は、食欲不振のアリクイ。

午前中の最後は、ヤケドを負ったトカゲの治療後の経過観察だった。

診療が終わり時刻を確認すると、一時半を少し回っている。それぞれがあわただしく昼食をとり、午後の診療に突入した。

今日の予約診療では、飛び込みもあわせて十五件の診察をこなした。

訪れた飼い主たちは、着飾った女性たちがメインだ。しかし、沙良のように急患でやってくる患畜（かんちく）もいたりして、多少なりとも時間のずれは生じる。

今日飛び込みでやってきたのは、近所で動物愛護のボランティアをやっている中年女性だった。手に小さな黒猫を抱いており、見るとその子のわき腹に裂傷（れっしょう）がある。

「たぶん捨て猫だと思う。うちの近所の溝にはまって鳴いてたのよ」

「そうですか。どれ、猫くん。ちょっと診せてもらうよ」

傷口を触られた猫は、鳴き声を上げて抗議をする。

「お、元気あるな。よし、じゃあちゃちゃっと傷口を縫っちゃおうな。眠ってる間にすぐにすむから、ちょっとだけ我慢しようか」

亮也は麻酔を用意しながら、大田に待合室への対応をお願いする。大田がすぐに帰ってきたところを見ると、皆診療時間がずれることを承諾してくれたみたいだ。

猫は亮也の指に噛みつこうとしていたが、彼が顔を近づけて頭を撫でるとおとなしくなった。

無事、処置が終わる。術後はクリニックで預かることになり、沙良は亮也の指示に従って黒猫を入院室に運んだ。

今そこにいるのは、リクちゃんとマロンちゃん。それと、腫瘍除去後のゴールデンハムスターの金ちゃんだ。

「こんにちは。また小さいお友だちがきましたよ〜」

部屋に入ると、沙良は小声でそう言いながら、それぞれの個室を覗いた。幸い、マロンちゃんも金ちゃんもおとなしくしている。

リクちゃんも、じっとしていて動かない。

「はい、ここでいい子にしててね。すぐに治るから。だって亮也さんがついてるんだから」

沙良はまだ麻酔からさめない黒猫を個室に寝かせた。そこは、リクちゃんの左隣だ。

そっと扉を閉め、壁にあるメモに入院の日付と時刻などを記入する。

「あれ、名前、ないんだよね……。こういった場合どうするのかな……。うーん、臨時でつけちゃうか。えーっと、オスだから……藪原……ブラッキーなんてどうかな？」

沙良はそこに名前を記入し、一人満足して頷く。

「リクちゃん、寝てるの？　ふふっ……経過良好でよかったね。早くよくなって、また一緒の部屋で暮らしたいね」

沙良はリクちゃんの完治を心から願っている。

一人暮らしの四年間、何度も里心がついたけれど、そのたびにリクちゃんの存在に助けられ、癒やされてきたのだ。

「私、頑張って動物看護師になるからね。そしたら、今度は私がリクちゃんを助けたり癒やしたりしてあげられるよ」

沙良はリクちゃんにも自分の将来の夢を語り、約束をする。思いがけない進路転換になってしまったけれど、決めたからには必ずやり遂げようと思う。

＊　＊　＊

その週はずっと、同じように忙しい日々が続いた。その間にマロンちゃんや金ちゃんは無事退院していき、沙良がブラッキーと名づけた子猫も保護施設に引き取られていった。今後、里親を探す予定らしい。

金曜日の夜になり、沙良はクリニックの手伝いを終えて買い物に出た。そして一人先に三階に上がる。

亮也は近所の患畜（かんちく）のところへ往診中だ。

「今日も一日忙しかったなぁ」

キッチンで食材を片づけながら、沙良は今日一日を振り返る。

少し前から、沙良のお手伝いとしての仕事は、一階のクリニックでのものがメインになっていた。

実際にやってみると、クリニック業務は思っていた以上に過酷だった。

人間の場合とは違い、相手は物言わぬ動物だ。

吠えたり引っかいたりはできても、具体的にここが痛いとかどうしてほしいとかを言うことはできない。

それを、診察によって引き出すのが亮也だ。彼はつねに細心の注意を払い、患畜（かんちく）に丁寧に触れて正しい答えを導き出そうとしている。

「……敵わないな……。ううん、敵わないのはわかってたけど、もっといろんな意味で敵わない……。すごい……」

亮也のそばで彼の仕事ぶりを見ていてわかった。

彼は本当に、すごいのだ。

もし沙良が患畜なら、亮也に診てもらいたい。

亮也に自分のぜんぶを任せたい。

飼い主たちにしても、きっと同じような気持ちで、亮也のもとに来ているのだろう。

彼は患畜に対していつも真摯だし、諦めないし、投げ出さない。

沙良は味噌汁に入れる野菜を刻みながら、ぶるりと身震いをした。

(好き……。やっぱり亮也さんのことが好き……。あんな人、きっと二度と出会えない)

今まで彼ほど沙良をドキドキさせる男性はいなかった。想っただけでこんなにも気持ちが溢れてくる感覚を味わったのも、はじめてだ。

(頑張ろう……。亮也さんにふさわしい人になれるように)

野菜を切り終え、水を張った鍋に入れる。

今日は、亮也リクエストの、具沢山の味噌汁に、どんぶりもの。どんぶりの種類はなんでもいいと言っていたので、スーパーの鮮魚コーナーでお買い得だったマグロを買ってきた。それで漬け丼にする予定だ。

「……にしても、こんなんでいいのかな……」

もっと凝った洋食にしたほうがいいかなとも思うけれど、彼がちょこちょことリクエストしてくるメニューは、どれもみな庶民的なものばかりだ。

「って、どっちにしろ今の私には、こんなのしか作れないんだけどね」

さっきスーパーに行ったときに、雑誌コーナーでちょっとおしゃれなメニューが載ったレシピ本を買ってきた。それを参考にしながら、これから順次、作れる料理を増やしていくつもりだ。

「ここにいると、いろいろと刺激を受けるし、なにかと勉強になるよね」

無論、大学の四年間にもさまざまなことを学んできた。

けれど、ここまで手ごたえを感じたことはなかったように思う。

調理を終えてテーブルの用意をはじめたところで、クリニック用の電話が鳴る。

亮也はまだ往診から帰っていない。今の時間にかかってくるのだから、急患かもしれない。沙良は右手にペンを持ち、受話器を取った。

『もしもし、亮也？　リサだけど、どうしてスマホにかけても出てくれないのよ』

通話相手は、沙良が言葉を発する前にしゃべりだした。

『仕方ないからこっちの電話にかけたの。ねぇ、ちょっとだけでもいいから会えない？　私がそっちに行ってもいいし、私のところに来てくれてもいいわよ。ね、お願い～』

鼻にかかった甘え声が、だらだらと話し続ける。

「あ、あのっ……！　すみません、りょ……藪原先生は今往診中で、ここにはいらっしゃいません」

少しの沈黙が流れ、受話器の向こうから大きなため息が聞こえた。

『は？　あなた誰？　声が若いってことは、クリニックのスタッフじゃないわよね。っていうか、今は診療時間外でしょ。もしかして、この電話受けてるの三階のダイニング？』

電話の向こうの声が、徐々にけんか腰になってきた。質問をぶつけてくる割には、こちらから話す隙を与えない激昂ぶりだ。

『あなた、亮也の新しい彼女？　ったく……また数が増えたの？　いくらモテるからって、どんだけ自分を共有させれば気がすむんだか。まぁいいわ。うるさがるから、私から電話あったことは言わなくていいわ。ねぇ、あなた、亮也を独占しようなんて、間違っても思わないでよ！　亮也は誰か一人のものになるような男じゃないんだから！』

電話は一方的に途切れた。

沙良は受話器を持ったまま、呆然と立ち尽くす。

「数が増えたって……。共有させるって、どういうこと……？」

ついさっき亮也に惚れ直し、頑張ろうと思っていた矢先に、とんでもない電話を取ってしまった。

あきらから聞いた話を踏まえ今の電話を信じるなら、亮也は結婚願望がない上に、やはり複数の女性と同時に付き合っているということになる。

「そんな……」

沙良は受話器を戻し、調理台に戻りながら大きく深呼吸した。のろのろと準備を続けるが、電話で聞いたことが気になって、ちっともはかどらない。

（亮也さんのことを信じる。そう決めたんだから、それを貫かなきゃ……）

そうはいっても、心に受けた動揺は隠しきれない。

彼女の言葉を鵜呑みにするつもりはないけれど、リサと名乗った彼女は、沙良が電話を受けた場所を三階のダイニングとまで言ったのだ。つまりは、この家に入ったことがあるのだろう。

悶々と考えても、一向に埒があかない。

沙良は頭を横に振って、雑念を振り払った。

「信じる。……信じよう、沙良――」

「なにを信じるって？」

「きゃあっ！」

後ろを振り返ると、すでに着替えを終えた亮也がいた。

「えっ？　い、いつの間にっ……。亮也さんったら、忍者みたいですね」

沙良が驚いて目を見開いたままの表情でそう言うと、亮也は首を傾げて軽く笑った。

「さっきドアのところで、ただいまって言ったよ？　聞こえなかったってことは、それほど重要な考えごとでもしてたんだろうな。どんなことを考えてた？　うん？」

高さ調整用の台に乗った沙良の身体を、亮也の腕がすっぽりと包み込む。

「え……っと……。その……」

リサからの電話のことは言えない。まだあの内容について、沙良のなかでうまく考えがまとまっていないのだ。

なんとか誤魔化そうと、沙良は話題を探した。その結果——

「あの、……私、動物看護師になろうかなって思うんです。ちょっと前からそんなふうなこと考えるようになって、クリニックの仕事を見せてもらったりしたんです。それで、やっぱりそうしたいなって——」

口から出たのは、いつか言いたいと思っていた、将来の目標についてだった。

沙良の言葉に、亮也は両方の眉を上げて驚いた表情になる。

「ま、まだなにも具体的には決めてないんです。でも、一応実家の両親にはそう伝えたし、了解してもらいました。うちは牧場だし、それもありかな……なんて」

言い終えて、沙良はぐっと唇を結ぶ。

「そうか……！　うん、いいと思う。すごくいいと思うよ」

亮也になんと言われるのか、ドキドキしていたが、彼はとても嬉しそうにそう言った。

　亮也は、沙良の話を喜んでくれている。とりあえず、そのことにほっとして、沙良の口元に笑みが浮かんだ。

　亮也がにっこりと微笑み、沙良の唇にキスをする。

「じゃあ、晩ごはん食べながら、もっとその話をしよう」

　それから亮也は沙良を手伝い、テーブルの準備をしはじめる。椅子に座り、二人同時にいただきますを言った。

「うまい。今日は特にうまく感じる」

「亮也さん、おいしそうに食べてくれるから作り甲斐(がい)があります。それに、なにが食べたいか聞くと、ちゃんと答えてくれますよね。うちの父に聞くと、なんでもいいとか言うんですよ。母もそれでよく怒ってました。なんでもいいって言うのが一番困るんだって」

「なるほどね。でも、沙良のお父さんの気持ちもわからないでもないな。きっと、沙良や沙良のお母さんが作ってくれるものがなんでもおいしいから、そういうふうに言うんじゃないかな」

「えっ？」

　亮也の言葉に、沙良はぽかんと口を開けて箸(はし)を止める。

「……今まで、そんなふうに考えたことってなかったです。でも、そう受け取ると、さほど腹も立ちませんね。ふふっ……うちの父に教えたら、どう言うかな。きっと、うまいことを言うもんだとか言って、さっそく活用しそう」

「いいお父さんだな。――それで、さっきの話。動物看護師になるってこと。沙良はすごく向いていると思うよ。クリニックでの患畜の扱いも、かなりうまいと思うし」

「ありがとうございます。小さいころから周りに動物がいるのが当たり前の生活だったので、普通の人よりは慣れているのかもしれません」

「実家、牧場って言ってたよね。……いいな、家族とか実家があるって。うちの親、俺が十二歳のときに離婚してね。俺は父親に引き取られたけど、なにせ忙しい人でさ。大学で獣医学を教えていたけど、五年前に急性心不全で亡くなった。たぶん、日ごろの激務が祟ったんだろうな。母親とは離婚後は一度も会ってないし、連絡先も知らない。だから、今どうしているかもわからないんだ」

亮也は、ぽつりぽつりと自分の生い立ちについて話しはじめる。

それによると、亮也の両親は離婚前もあまり仲のいい夫婦とは言えず、父親は仕事が忙しいことを理由に、ほとんど家に帰ってこなかったそうだ。

沙良は、以前あきらから聞いた話を思い出した。

「たぶん、外に女性がいたんだと思うよ。母親と言い争いをしていたのを聞いたことがあるから。父親曰く、離婚の原因は母親の不貞らしいけど、どうだか……。仮に本当でも、それはお互い様かなと俺は思っている」

　離婚前から母方の親族とはあまり交流がなかったが、子供のころ、夏休みに一度だけ祖父のもとを訪れたことがあるという。

「母方の祖父も獣医だった。結構面白い人でね。一緒にいたのは一週間だけだったけど、いろいろと影響を受けたなぁ……。昔は都会で開業していたらしいけど、六十歳を前に田舎（いなか）に引っ込んで新しく動物病院を開院してね。そこで予約出張メインの獣医師をしながら、結構気ままに暮らしていたようだよ」

　母方の祖父とはそれきり会うこともなく、両親の離婚を機に完全に縁が切れたそうだ。

「今は父方の祖父と多少の交流があるくらいだね。と言っても、この前会ったのは二年前だったかな……」

　淡々と話す亮也だが、その表情はいつになく寂しそうだった。彼が結婚という形を望まず、むしろ疎（うと）んじているのは、きっと本当のことだ。そしてその原因は、やはり生い立ちにあるのだろう。

　沙良が思っていた以上に、亮也は家族の縁が薄い人だった。そして、それに慣れているのだと思う。

　そんなことを考えていると、亮也が立ち上がり、沙良のそばにやってきた。

「沙良はいい家族のなかで、すくすくと育ったって感じがする。そんな雰囲気がするし、匂いだってそうだ」

床に膝をついた亮也が、沙良の腰をやんわりと包み込む。

「沙良はいい匂いがする。いろんな種類のいい匂いが、身体全体から香ってるよ」

亮也に見つめられ、動けなくなる。

できることなら、亮也に家族や夫婦の縁というものを知ってほしい。そうなるために何か自分にできることがあるなら、何でもしてあげたいと思う。

食事を終え、沙良が新しくお茶を注いでいるとき、ダイニングの電話が鳴った。

亮也が、電話に向かう。その姿を見送りながら、沙良は不安を覚えた。

（もしかして、さっきのリサって人がまた……？）

いや、本当に病院の用事かもしれない。沙良は頭のなかで、ここ何日かに来院した患畜の姿を思い浮かべる。

もうだいぶ遅い時間だ。もし急患であれば、よほど緊急を要する症状が出たのだろう。ペットを飼う身として、その辛い心情は痛いほどわかる。

沙良は、リクちゃんを連れて亮也のもとをはじめて訪れたときのことを思い出して、唇を噛み締めた。

しばらくして戻ってきた亮也が、外出をする身支度を整えはじめる。

「西亜大学からの電話だった。出産予定の牛が難産で大変らしい。人手がいるってことで、呼ばれたから、ちょっと行ってくるよ。今からだと朝までかかるだろうけど、一人で大丈夫か？」

亮也に言われ、こくんと頷く。

「はい、大丈夫です。気をつけていってきてくださいね」

「うん。明日はそのまま出張にいくよ。帰りは日曜日の夜になるから、それまでゆっくりしてたらいい。だけど、危ないから一人で夜遅くまでうろついたりするなよ」

明日の土曜日は、以前から北海道への出張が決まっていた。

行き先は、亮也が大学卒業後にしばらく勤務していた動物病院。エゾモモンガと出会ったというその病院でセミナーがあり、亮也は講師として出席する予定だという。

軽くキスを交わしたあと、亮也は部屋を出ていった。

沙良はじっと動きを止め、まだ建物のなかにいる亮也の気配に意識を集中する。

三階入り口のドアを開ける音、階段を下りる音、そして一階のドアを開けて出ていく音。

機密性が高い建物だから、後半は沙良が頭のなかで作り出した音だったかもしれない。だけど、タイミングを見計らって窓に向かい、ガラス戸をあけてベランダに出ると、亮也がちょうどクリニックの入り口から出るところだった。

「亮也さんだ」

ごく小さな声だったから聞こえるはずもない。けれど歩き出した亮也はふと立ち止まって、沙良がいる三階のベランダを振り返った。

クリニックの前には、明るい電灯が灯っている。

あわてて隠れようとしたけれど、一瞬遅かったみたいだ。

「風邪引くぞ」

亮也の声が、下から吹き上げてきた風に乗って届いた。

その声は、優しくて甘い。

沙良が手を振ると、亮也も大きく手を振り返した。そしてすぐになかに入るようにとのジェスチャーをする。

沙良は名残惜しさを感じつつも、亮也の姿を目に焼きつけてから、そっと家のなかに戻った。

＊＊＊

土曜の朝、沙良はいつもどおりの時間に目覚め、ひととおりの朝の用事をすませて一階に下りた。

亮也が出張で不在になるこの土日は、調整のうえ入院患畜はリクちゃんだけになっている。

「リクちゃん、おはよう。ご機嫌はどうかな～？」

沙良は、リクちゃんのケージを覗いて言う。

「リクちゃん、牛さん、赤ちゃん産んだんだって。元気でよかった。リクちゃんは、今日から葉っぱ食べられるよ。最初は柔らかいやつから食べようね」

明け方近くにきた亮也からのメッセージで、沙良は難産だった牛が無事出産を終えたと教えてもらっていた。

沙良はリクちゃんを、ケージごと台の上に移動させる。顔を近づけて口のなかを覗くと、もう疱疹（ほうしん）は綺麗になくなっていた。

「よくなってよかったね、リクちゃん。きっともうじき入院室から出られるよ」

そうすれば、晴れてまた一緒の部屋で暮らせる。沙良はにこにことリクちゃんを眺めながら、一方で小さくため息をつく。

当初亮也からは、リクちゃんが完治するまでひと月はかかると言われていた。経過は良好だから、あと少しですっかりよくなるだろう。

リクちゃんが退院すれば、沙良がお手伝いさんとしてここにいる理由がなくなる。

果たして、リクちゃん退院後もここにいられるのかどうか。そのあたりのことはまったく話せていない。いくら恋人同士になったとはいえ、このままここにいるのはおかしいだろう。動物病院で手伝いをしながら、恋人としても近くにいる。そんな環境になれば天国だが、普通に考えると、沙良がここに住む理由にはならない。

「やっぱりちゃんと聞かなきゃだよね。でも、どう言えばいいかな……」

動物看護師を目指したいことは伝え、亮也も賛成してくれた。けれど、具体的にこの先どうするのかなどは、まだなにも話していない。それもこれも、沙良の心が不安定なせいだ。

亮也は、沙良のことをどう思っているのだろう。あきらやリサといった、複数の女性たちとの関係はどうなっているのだろう。

リクちゃんを見ながら考えても、結局結論はでなかった。沙良はリクちゃんを入院室に戻し、三階へ戻る。そのとき、ダイニングの電話が鳴った。

駆けていき、受話器を取る。

「薮原アニマルクリニックです」

『あ、小向さん？　私、谷崎です。ちょっとお話があるんだけど、そっちに行っていいかしら？』

あきらからの電話だ。突然のことと、少し前まで彼女のことを考えていたそのタイミングのよさに、沙良は驚く。しかし、断る理由もない。沙良は、彼女の訪問を受け入れた。

ほどなくしてやってきたあきらは、先日とは違いなぜか機嫌がいい。濃紺のスーツを着こなし長い髪を大きめのコームで一まとめにしている今日の彼女は、一見、できる美人秘書といった感じだ。

あきらはクリニックへ入るや否や入院室に直行し、頼んでもいないのにリクちゃんの診察をはじめた。

「ふぅん、もうすっかり治ってるわね。ってことで、退院おめでとう、リクちゃん。おめでとう、小向さん」

振り返ってにっこりと笑うあきらは、女の沙良の目から見ても艶っぽく、つい見惚れてしまう。

あきらから言われた「退院」という言葉に、どう反応していいのかわからない。とにかく落ち着かなければと、沙良はあきらにかける言葉を探す。

「あ……あの、上でお茶でもいかがですか？」

「あら、そう。じゃ、行きましょう」

あきらは沙良の言葉に躊躇なく返事をして、ひと足先に階段を上っていく。

その様子から、彼女がここに来慣れていることがわかった。

入り口にたどりつくと、あきらが沙良に先を譲った。沙良は会釈して前に進み、廊下をリビングに向けて歩いた。

しかし、沙良の背後でドアを開ける音が聞こえる。

振り返ると、あきらが亮也の部屋に入っていくところだった。

「あのっ……」

沙良があわてて戻りながら声をかけるが、あきらにためらう様子はない。

「ふぅん。相変わらず余分なものはなにも置いてないのね。でも、いつもより綺麗に片づいてる。小向さん、お掃除ごくろうさま」

ドアの前で立ち止まった沙良を振り返り、あきらが口元に笑みを浮かべた。だけど、目が笑っていない。

あきらは沙良が見ている前で、ベッドサイドにある棚の引き出しを開けた。

「あっ、谷崎先生……！」

沙良があわてて止めようとするけれど、あきらはお構いなしに引き出しのなかを物色しはじめる。そして、そこから派手な金色の小箱を取り出した。

「……極薄〇・〇二ミリ。Lサイズ。相変わらずこれを使ってるのね。……十二個入りで残ってるのは八個。ってことは、亮也とあなた、出会って昨日までの間に、少なくとも四回はセックスしたってことでいいかしら？」

いきなりそんなことを言われ、沙良は驚きのあまり固まってしまう。

「ふぅん、否定しないってことは、図星なのね。……完全に油断したわ。あなたみたいな人を亮也が相手するわけがないと高をくくってたのに。だけど、なんとなく気になって、彼の留守中に確かめに来てみたらこの始末……。呆れちゃうわ。お手伝いとか言いながら、結局は亮也のベッドの相手までしてたってわけね」

あきらは避妊具の箱を引き出しに戻すと、改めて沙良に向き直った。

「あなたみたいな田舎娘が、どうやって彼に取り入ったのか、ぜひ聞かせてもらいたいものだわ。だいたい亮也も亮也よ。同じ遊ぶにしても、もうちょっと人を選べばいいのに――」

「待ってください……！　私と亮也さんは遊びでそんなふうになったわけじゃありません！　ちゃんと気持ちを確かめ合って、お互いを好きだと思ったからそうなったんです」

あきらの顔が、ピクリと痙攣する。恐怖を感じたが、頭ごなしに亮也との関係を否定されて、このまま黙って引き下がるわけにはいかなかった。

「私は本気で亮也さんのことが好きです。それに、亮也さんだって私のことを本気で好きだと言ってくれました。取り入っただとか遊びだとか……あなたがなんと言おうと、絶対にそんなんじゃありません！」

沙良の反論をじっと聞いていたあきらは、ふうっと息をつき、いかにもうるさそうに眉間にしわを寄せる。

「ふん……。好きだとか本気だとか、なに子供じみたこと言っているの？　亮也はあなたが思ってるほど聖人君子じゃないのよ。むしろ博愛主義？　だから、あなたみたいな人の相手にもなってあげた。どう？　私が言っている意味、わかるわよね？」

あきらは沙良の横を通り過ぎ、先に部屋を出ていく。

我に返った沙良は、そのあとについてリビングに入る。

いったい彼女はなにを話しにきたのだろう？　しかも、彼女は亮也が不在のときを狙って来たと言っている。

沙良は、今になってあきらを三階に通したことを後悔していた。

「安心して。別にあなたを訴えようとか思っているわけじゃないわ。ただ、真実をわかっておいてほしいだけよ。さ、お茶を淹れてくれるんでしょう？　でもできればコーヒーがいいわ。ブラックでお願いね」

沙良は、先日スタッフルームであきらと対峙したときのことを思い出す。思えば、彼女はあのときから沙良と亮也の関係を疑っていたのだろう。

「カップは、白地に赤い花模様ので。あれ、私が亮也にプレゼントしたものなの。キッチンの後ろにある棚の、上から二番目。そこの左端にあるはずよ」

沙良があきらが言った場所を確認すると、確かに白地に赤い花模様のカップが二つ並んでいる。

「それ、ちょっとだけ柄が違うの。私のは花の横に葉っぱが一枚のほう。葉っぱが二枚のが亮也の。ここを開業するときに一緒に買いに行ったのよ」

あきらのおしゃべりは続く。その内容は、この家についてや食器などの備品、そして置かれている家具の細部についてだ。いかにあきらがこの家の事情を知っているか、つまり彼女が亮也の婚約者であることを誇示するような事柄ばかりだった。

「お待たせしました」

先にテーブルについていたあきらの前にコーヒーを置く。あきら用のカップは、指定されたとおりのものを、自分用には、学生時代から使っているクマのキャラクターのマグカップを置いた。

「それ、あなたが持ってきたカップ？　あそこの棚に一緒に置いているの？」

「はい」

「ふうん、まるでお子様ね。この家に置くには趣味が悪すぎるわ。まぁ、もうあの棚にそれを置くこともないだろうから、いいんだけど」

沙良を見るあきらの目が、冷ややかに光る。口元に浮かんでいた微笑は、もう消えていた。

「……えっ……？」

カップを手にした沙良の指先が強張（こわば）る。

「え？　じゃないでしょ。私は亮也の婚約者なの。なのに、あなたは亮也と不貞行為を働いたのよ。それを今後も続けさせるほど、私は寛容（かんよう）じゃないわ。悪いけど、今すぐに出ていって。リクちゃんのヘルペスはもう完治してるから、もうあなたがここにい続けいる。

あきらは沙良の言葉を無視して、怪訝な表情を浮かべながら部屋のなかを見回している。

「でも、亮也さんは、まだはっきりと完治したとは言っていません」

る理由はないわ」

「ここ、ルームコロンとか使ってるの？　なんだか前に来たときとは違う匂いがするわ。……ううん、匂いじゃない。メスのフェロモンかしら……。でも、あなたにはそんなものないから、気のせいね」

あきらは横に置いたバッグから、香水のアトマイザーを取り出した。そして立ち上がり、窓にかかっているカーテンに向かって二度三度と香水を吹きかける。

香りはすぐにテーブルのほうまで漂ってきて、まだ湯気が出ているコーヒーのものとまざった。

あきらは満足そうな表情を浮かべ、スタスタと沙良のほうに戻ってくる。

「亮也がまだ完治したと言っていなくても、私がそう言うんだから、なんの問題もないでしょう？　……まだわからないの？　あなたなんか、亮也のつまみ食いの相手でしかないのよ。おおかた目のなかに入れても痛くないほど愛しいだの、エゾモモンガなんか比じゃないほど可愛いとか、言われたんでしょ？　それ、亮也のいつものくどき文句だから」

あきらの言葉に、沙良は息を呑んだ。

確かにそう言われた。

それはつまり、これまで亮也が沙良にかけてくれた言葉は、ただの常套句にすぎなかったということだろうか。

「そんな……」

明らかにショックを受けた様子の沙良に対して、あきらがわざとらしく同情の視線を向ける。

「ほんと、お気の毒。ごめんなさいね、亮也ったらいつもこうなの。あなたの前はどんな人だったかしらね……。そうだ、最近よく見かけるアイドルによく似た子だったと思うわ。その次があなたってことは、彼、今は年下がマイブームなのね。その前は年上が三人ばかり続いてたけど」

沙良の頭に、中華飯店に行ったあとに会った、人妻のヨガインストラクターの顔が思い浮かぶ。

あの人も亮也の「恋人」のうちの一人だったのだろうか。

「ってことで、今すぐにここを出てもらうわ。このことは、亮也も承知してる。だって、私たち夕べ一緒にいたんですもの」

「嘘っ……」

あきらが勝ち誇ったような微笑を浮かべる。

「いいえ、嘘じゃないの」

彼女はバッグから取り出したスマートフォンを操作し、画面を沙良のほうに差し出す。そこには、眠っている亮也と彼にぴったりとくっついているあきらが映っていた。亮也は首元まで毛布がかかっているが、あきらの肩はむきだしで、上半身になにも着ていないだろうことがわかる。

「夕べ牛の出産の手伝いを終えたあと、うちに泊まっていったのよ。久しぶりに二人きりの時間を持ったわ……。もちろん、なにをしたかはわかるわよね？　いいかげん、結婚しなきゃ。こんなに遊んでばかりなんて、彼にとってもよくないわ。だから、あなたはもうお役御免なのよ」

動かぬ証拠を突きつけられ、沙良は返す言葉もなくただ呆然とするだけだ。あまりにも急な展開に、頭も心もついていかない。

「それと、はい、これ。お手伝いさんのお給料。亮也から、今日までの分を預かってきたわ。亮也はもうあなたとは会いたくないんですって。だから私が頼まれたの。あ、それに、もろもろの諸手当が加算してあるわ。それは私からよ。黙って受け取っておいて」

沙良の目の前に、白い封筒が差し出される。

「一刻も早く、荷物をまとめて出ていって。私はこれから亮也の部屋で一眠りさせてもらうわ。忘れ物、ないようにね。あ、それから今後亮也とはいっさい連絡をとらないでちょうだい。彼も迷惑がってるし」

そう言い放つと、あきらはリビングのドアをまっすぐに指差す。

「さ、わかったら早く準備をして。重ねて言うけど、今後一切亮也に連絡してはダメよ。私は、あなたと亮也がしたことについて、法的に責任を問える立場にあることを忘れないで」

言いたいことを全部言い終えたのか、あきらは残っていたコーヒーを飲み干し、カップを置いた。

「ごちそうさま、おいしかったわ。カップ、洗うのは自分のだけでいいわよ。洗ったら持っていってね。この家にはもう不用なものだから。あとは私が洗うから、そのままにしておいて。できれば、一時間くらいで出ていってくれると助かるんだけど」

そう言い残すと、あきらは悠然と立ち上がり、そしてリビングを出ていく。どうやら、亮也の部屋へ向かったらしい。

沙良はまだコーヒーが入ったままの自分のカップを持ち、流し台に向かった。冷めてしまったコーヒーをシンクに流し、カップを洗う。

（終わっちゃった……。本当に、終わっちゃったんだ……）

洗い終えたカップを拭き、キッチンペーパーで包んだ。そのほかに置いていた茶碗と箸も持ち、ぐるりと室内を見回す。

ここにあった沙良のものはそれだけだ。あとは洗面所に置いてある歯ブラシやちょっとした小物を回収し、部屋にあるものをバッグに詰めれば終わる。

沙良は、テーブルの上に置かれた白い封筒を見た。

あきらは、亮也から預かったものだと言っていた。でも、はいそうですかと受け取るわけにはいかない。

沙良は封筒をそこに残して自室に戻り、なにも考えないようにしながら荷造りをはじめた。

ものの三十分ほどで、準備は整った。

あとは一階に下りて、リクちゃんのケージを持っていくだけ。

気のせいか、廊下のほうからあきらがまいた香水の香りが漂ってきたような気がする。

沙良はバッグを持って亮也の部屋の前に行き、一声かけようかどうか迷いながら立ち止まった。すると、気配を感じたのだろう。沙良が声を発する前に、なかから「さよなら」というあきらの声が聞こえた。

沙良はなにも言わず、僅かに頭を下げる。

階段を下りて病院の入院室に入り、リクちゃんのケージを持った。ケージのなかのリクちゃんが沙良を見て、うれしそうに手足をばたばたと動かす。

「リクちゃん……」

それ以上なにも言えず、沙良は黙ってクリニックの玄関に向かった。扉を出る前に、一度だけ振り返る。

たったひと月ほどいただけだったのに、去りがたくて心がちぎれそうだ。

だけど、もうここには沙良がいる場所などない。

「あ、そうだ……」

沙良は荷物を下に置き、スタッフルームに向かった。ロッカーを開け、借りていた制服からネームプレートを外す。

「痛っ……」

ピンの先が、人差し指にチクリと刺さった。見ると、少し血がにじんでいる。

沙良はロッカー室の入り口で軽く頭を下げ、お世話になった三人のスタッフと、沙良の運命を大きく変えることになった亮也に心のなかでお礼を言った。

心はいまだ亮也を追い求めているけれど、ここまできたら、もうほかに選択肢などない。

沙良はクリニックを出て、今度は振り返らず、駅に続く道をリクちゃんを連れて歩いていった。

実家に帰りついたのは、その日の夕方近くだった。

電車に乗る前に連絡は入れたものの、突然の帰省に両親はずいぶん驚いているようだ。しかし、勤務先のクリニックとはちゃんと話をつけてあるし、本格的に勉強をはじめる前に一度帰省しておきたかったなどと説明をしたら、一応は納得してくれた。

(話はついてるっていうか……。まるっきり嘘ではないしね……)

荷物を置いて牧場を訪れ、久しぶりに会う家畜たちにただいまを言って回る。皆ちゃんと沙良のことを覚えていて、鼻面を擦りつけてきたり鳴き声を上げたりしてくれた。

実家には沙良の部屋がそのまま残っており、すぐに使うことができる。

そこには学生寮から送ったものもあり、それを見ているとまるで大学生活に戻った錯覚に陥る。

「はぁ……。なんだか、ぜんぶ夢だったような気がしてきた……」

すべて、就活がうまくいかなかったストレスが見せた、一時の夢――

でもそれだと、結末がひどすぎる。夢ならもう少しくらい、ハッピーエンドに近づいてもいいだろうに。

「やっぱり現実だよね……。亮也さんとの出会いは夢みたいだったし、恋人になれたのも信じられないくらいの幸運だった。でも、結局残ったのはこれだけ……」

沙良は、手のなかのネームプレートを見つめた。指先を見ると、さっきピンで刺してしまったところが、少しだけ赤くなっている。

沙良は大きくため息をついて、部屋の真ん中に寝転がった。息を思いっきり吸い込むと、田舎の土と、おいしそうな煮物の匂いがする。

「リクちゃん、ちょっと疲れちゃったかな？」

ケージのなかにいるリクちゃんは、エサを食べ終えると、早々に目を閉じて眠っていた。

リクちゃんが完治したことは、本当によかったと思う。亮也との出会いのきっかけにもなったのだから、リクちゃんに感謝してもしきれない。でも、失ったものも大きかった。

「沙良、台所手伝って～」

お呼びがかかり、沙良はのろのろと立ち上がってキッチンに向かった。

手伝いといっても、ほぼ料理は完成しており、あとは皿に盛りつけて座卓に並べるだけだ。

「沙良、明日は工房のほうのお手伝い頼める？」

「うん、いいよ。今忙しいの？」

「まあねぇ、ネット販売はじめてから、結構売れゆきがいいのよ」

母親が嬉しそうににっこりする。父親はさっきから野球中継に夢中だ。

「そっか、すごいねぇ。やっぱりホームページ立ち上げて正解だったね」

沙良の実家が経営する「小向ファームランド」には、牛や馬たちがいる「小向牧場」のほかに、アイスクリームとジェラートを製造販売している「小向ミルク工房」がある。

もとは牧場だけだったが、沙良の上の姉がパティシエの男性と結婚したのをきっかけに、工房を開設したのだ。

当初は近所の人たちを相手に細々と営業しているのみだったが、徐々にクチコミで評判が広がり、今では下の姉に手伝いを要請するほどの繁盛(はんじょう)振りらしい。

二人ともすでに結婚して別々に住んでいるが、いずれもさほど遠くない場所だ。

「お姉ちゃんたち、元気？」

「うん、旦那さんらも子供たちも元気してるよ」

上の姉とは十三歳、下の姉とは十歳年が離れている沙良は、小さいときから姉たちに猫可愛がりされていた。二人とも揃って面倒見がよく、沙良はまるで母親が三人いるような環境で育ったのだ。

そんな姉たちも、今はそれぞれが二児の母になっている。

沙良が東京の大学に進学を決めたとき、姉たちは心配だといって大騒ぎをした。忙しい今も、変わらず沙良のことを気にかけていて、折を見ては電話やＳＮＳで連絡をくれる。

久しぶりに会うのは楽しみだ。けれど、今回帰省したことでいらぬ心配をかけるのではないかという気がかりもある。

「あ、今日炊き込みごはんなんだ？　嬉しい～！」

「沙良が電話くれたから、急遽(きゅうきょ)これにしたんよ。昔から好きだもんね」

母親が作る料理は、祖母直伝(じきでん)の家庭料理だ。沙良も祖母からみっちりと料理を教わったが、まだ母親の領域には辿りつけていない。

(そういえば、亮也さんには炊き込みごはん、まだ食べてもらってなかったな……)

亮也から家族の事情を聞かされてからというもの、沙良はずっと亮也に家庭の温かさを知ってほしいと思っていた。

そして、できることなら彼を新しい家族の一員として、自分たちのなかに迎え入れたいと考えていたのだ。

(でも、それは私の役割じゃなかった。亮也さんには、あきらさんがいるもの……)

彼女となら、完璧な美男美女のカップルになれる。結婚し家庭を持って、ゆくゆくは子供だって産まれるかもしれない。

「痛っ……」

考えているうち、指先にチクリとした痛みが走った。見ると、ネームプレートで傷つけた指先がちょっとだけ腫(は)れている。無意識のうちにそこを爪で引っかいていたみたいだ。

(もう考えるのは止(や)めなきゃ)

沙良は配膳を手伝い終え、両親とともに食卓を囲む。父親のビールにほんの少し付き合い、母が腕を振るった料理に舌鼓を打った。

すごく楽しいし、とても幸せだと思う。だけどふと気がつけば、ここに亮也がいたら、なんてことを考えてしまっている。

クリニックを出て、実家に帰る途中で亮也の電話番号などはすべて拒否扱いにした。消してしまおうと思ったけれど、どうしてもできなかったのだ。そしてスマートフォンは今、自室のバッグのなかに入れたままだ。

食事を終え、後片づけをして風呂に入りながらも、頭に浮かぶのは亮也のことばかり。いくらスマートフォンでブロックしても、思考まではコントロールできない。

(亮也さんが悪い……。だって、あんなに素敵なんだもの……。こんなに好きになった私のほうがもっともっと悪い……。でも、こんな終わりかたって、ないよ……)

沙良は目を閉じて、湯船のなかで丸くなった。目の下までお湯が迫り、溢れ出た涙を洗い流す。

亮也に出会い、人生ではじめての恋をして、彼と恋人同士になった。けれど、それは短い期間で終わり、沙良は今一人ぼっちだ。

(あ～ダメダメ！　もう学生でもなければ、あっちで住むところもないんだよ？　メソメソしてる暇なんかないよ、沙良！)

沙良は勢いよく湯船から出ると、手早く身支度をして自室に帰った。リクちゃんはまだすやすやと寝ている。

沙良はバッグからカメコを取り出し、電源を入れる。三段階のうち一番暗い明るさにしたあと、部屋の常夜灯を消した。亮也と同居するうち、心なしか少しずつ暗闇に慣れてきたみたいだ。それに今日は、久しぶりにそばにリクちゃんがいる。

とりあえず今夜はたっぷりと寝て、今後のことは明日ゆっくりと考えよう。

沙良はリクちゃんのケージに触れたまま、目を閉じた。


次の日の日曜日、沙良は二人の姉たちと一緒に、ミルク工房の店頭に立った。店にはほかにパートのおばさんが三人おり、シフトを組んで切り盛りをしている。

一番人気は、近所の農家でできたイチゴをふんだんに使った、ストロベリージェラートだ。天気もよかったせいか店は一日中忙しく、沙良はその人気ぶりに驚きを隠せない。

「すごいね、思った以上に繁盛(はんじょう)してるんだね」

午後五時の閉店時刻を迎え、工房のなかもようやく姉妹だけになった。

「そうでしょう？　私って、結構商才あるみたいよ」

上の姉が得意げに胸を張ると、下の姉がおかしそうにくすくすと笑う。

「沙良、一日ごくろうさま。あんた、動物看護師になる勉強をはじめるんだって？　それって、やっぱり東京で頑張るってこと？　なんならこっち帰ってきたらどうよ」

「そうだよ。こっちにだって学校あるでしょ?」

「で、でも……」

姉たちの帰って来い要請は、相変わらず父母よりも強力であからさまだ。

「動物病院に就職決まったって言ってたけど、院長ってどんな人? 顔写真とか載ったホームページとかないの?」

ぐいぐいと迫られ、沙良はいっそうたじたじになる。

「あるにはあるけど、プロフィールのページ見ても、タヌキの絵しか載ってないよ」

「タヌキ? なーんだ、つまんない。スマホで写真とか撮ってないの?」

「え……っ……」

沙良は今になって、亮也の写真が一枚もないことに気づいた。一緒にいた期間はずっとあわただしかったから、無理もない。けれど、ホームページにも写真がないのだから、もう二度と彼の顔を目にすることはないのだ。

どうして写真を撮らなかったのだろう?

一瞬足元がよろけるくらいの後悔の念に襲われた。だが、よくよく考えてみれば、写真などないほうがマシだ。

(顔とか、そのうち忘れちゃうかもしれないし)

けれど、頭のなかに彼のさまざまな表情が怒涛(どとう)の勢いで浮かぶ。

（……亮也さんっ……）

沙良は、あわてて亮也の面影を頭から振り払った。一人のときならまだしも、姉の前で涙なんか見せられない。

「どうかした、沙良？」

「ん？　ううん、なんでもない」

沙良は無理に笑顔を作り、何気なく話をそらした。

しばらくして姉たちが帰っていき、夕食の時間になる。

時間がくればおなかは空くし、久々に食べる母親の手料理は相変わらずおいしい。けれど、沙良はどこか上の空だ。

帰省してから、スマートフォンはバッグのなかに入れたままで、意図的に触れていない。

入浴をすませて自室に戻ると、沙良はリクちゃんのケージを前に膝を抱えて座り込んだ。

「リクちゃん、そろそろ亮也さんがクリニックに帰ってくるころだね……」

沙良は大きくため息をつく。

今ごろ亮也はどうしているだろう？

あきらは沙良がクリニックを出ることについて、亮也が承知していると言った。二人の間でどんな話し合いがされたのかはわからないけれど、沙良はすでに蚊帳（かや）の外だ。

きっともう、亮也から連絡がくることはないだろう。そう思っていても、どうしてもそれを期待してしまう。そんな理由もあって、沙良は、いまだスマートフォンを取り出せずにいるのだ。

結局その夜も、沙良は夕べと同じように布団に入り、リクちゃんのケージに指をかけたまま眠りについた。

月曜日の朝、沙良はようやくスマートフォンをバッグから取り出した。そして、おそるおそる電源を入れる。

当たり前だが、亮也からの連絡があった形跡などありはしない。自分で拒否をしておいて、そのくせ連絡がないことにがっかりしている自分が滑稽で、そして哀れだ。

亮也には履歴書を渡してあるし、緊急の連絡先として実家の住所と電話番号も知らせてある。だから、連絡をとろうと思えばできないことはない。

それでも、なにもアプローチがないのだから……つまりはそういうこと。

（なにを期待してたんだろう、私ったら……。早く前を向いて先に進まなきゃなのに……）

亮也のところにいるときも、沙良は夜一人になると、動物看護師について検索して、

自分なりに調べてはいた。けれど、たとえば学校の案内書を送ってもらおうにも今となっ

ては実家以外送り先はないし、とりあえず東京に戻って先に住むところを見つけるにし

ても、今ある貯金だけでは心もとない。

あれこれと考えるたびに、壁にぶち当たってしまう。しかし、動物看護師として自立

したいという気持ちは変わらない。実家に戻って、ではなく、東京で働いていきたい気持ちも変わらない。

「は〜あぁ……。うまくいかないもんだね、リクちゃん……。でも、頑張るしかないね」

リクちゃんは首を伸ばして沙良を見つめる。

夜眠れないことを恐れて、昼間は極力牧場や工房の手伝いをして、身体を動かしていた。そのせいもあってか、割とすぐに眠ることはできている。しかし途中目が覚めるし、寝覚めも決してよくなかった。

「沙良、もしかして勤め先の動物病院でなにかあったん？　もしなんだったら、いったんこっちに帰ってきてもいいんよ」

母親がそんなふうに言ってきたのは、木曜日の夕方のことだ。その日沙良は、牧場を手伝っていた。

「な……なんで？」

「なんでって……母親の勘、かな。やっぱりなんかあったんだね。どうしたの。パートのおばさんらに嫌がらせでもされてるの？」

母親の的外れな心配に、沙良は首を横に振った。

「ううん、違うよ。スタッフの人は皆いい人だし、先生だってすごく優しくて申し分ないよ」

「じゃあ、なんでそんなに元気ないの？　さっきもヤギ舎でぼんやりしてたし――」

自分では気をつけていたつもりだったけれど、やはり母親は鋭い。沙良のちょっとした表情や様子から、娘が悩み事を抱えていると察知したようだ。

「うん……。実は、せっかく決まった就職先だったんだけど、事情があって急に人手が余ることになっちゃって――」

沙良は、自分が職を失ってしまったことを母親にだけ話した。その上で、自力でなんとかするから、少しの間ほかの家族には黙っていてくれるよう頼んだ。

母親に秘密を共有するという心の負担をかけるのは忍びなかったけれど、姉たちにこのことがバレたら、このまま半強制的に引き止められるのは必至だ。

沙良はどうしても、東京に戻りたかった。

自分でも馬鹿みたいだと思うが、心はまだ亮也を求めている。

少しでも彼の近くにいたいという想いが、沙良の気持ちを東京に引き留めているのだ。

土曜日、沙良はまた工房を手伝っていた。そして営業を終えた午後五時、姉たちとともに一息つきながら、テーブルを囲んで話し込む。

「そうだ、リクちゃんにあげたいから、イチゴをひとつもらっていい？」

　リクちゃんはすっかりもとの元気を取り戻し、食欲も旺盛になっている。やはり、沙良と同じ部屋で眠れなかったことは、お互いにとって結構なストレスになっていたに違いない。

「どうぞどうぞ。ひとつと言わずふたつでもみっつでも」

「ありがとう、じゃあ、私の分も合わせて、五つもらっちゃおうかな」

　沙良が店の奥でイチゴを物色していると、牧場のほうから姉の子供たちが走ってきた。わあわあ騒いでいて、かなりの混乱ぶりだ。

「どうしたの？　なにがあったん？」

　上の姉が、泣いている自身の長女の前にしゃがみこんだ。そばにいる幼稚園児の甥っ子たちは懸命になにかを伝えようとしているけれど、まったく要領を得ない。

「落ち着いて。なにがどうしたんか教えて」

　母親に促され、姪っ子がようやく涙を拭きながら言った。

「リクちゃんが……。リクちゃんが家の前で犬に噛まれて甲羅割れた！」

「え？　リクちゃんが!?」

　沙良は驚いて、持っていたイチゴを手放して大急ぎで駆け出す。

　家の前に着くと、母親がリクちゃんを持っておろおろしていた。

　聞けば、子供たちでリクちゃんを散歩させてあげようとケージから出し、家の前に連れていったところ、通りかかった大型犬がじゃれて甲羅に噛みついたという。

「獣医さんに連れて行かなきゃ！　お母さん、今お世話になっている病院ってどこ？」

「隣町よ。車出すから、急いで！」

沙良は自室に駆けていき、バッグを掴んで戻る。すぐさま自宅横にある駐車場に向かった。

ようやく病院に到着した。しかしリクちゃんを目にした途端、獣医師の表情が曇る。

「こりゃあひどいなぁ。甲羅に五つも穴が開いてるし、そのうちのふたつは内臓にまで達してますね。犬はいろんな感染症を持っているし、裏のほうもひびが入ってるしねぇ……」

リクちゃんの状態は、素人目に見てもかなり深刻であることがわかる。沙良は唇を噛み締めて治療を見守った。

「先生、なんとか助けてあげてください」

沙良の横で、母親が悲痛な声を上げる。

沙良はただ黙ったまま、じっと動かずにいた。そうしていなければ、大声で泣き出してしまいそうだったのだ。

「申し訳ないけど、カメの専門医ではないうちでできるのは、傷口の消毒と抗生物質の投与だけです。あとは連れて帰って見守ってあげてください。……残念だけど、覚悟しておいたほうがいいと思いますよ」

（亮也さん……！　ここに亮也さんがいてくれたら……！）

沙良はケージにリクちゃんを戻しながら、心のなかでそう叫んだ。

できることなら、今すぐにでも亮也のところにリクちゃんを連れて行きたい。けれど、今のリクちゃんが三時間弱もかかる移動に耐えられるとは思えなかった。

「先生、この近くにカメを診てくれるような病院はありませんか？」

沙良は、失礼を承知で、目の前の獣医師にたずねた。しかし、彼は申し訳なさそうな顔で首を横に振るばかりだ。

「リクちゃん……」

沙良の目から、大粒の涙がこぼれる。でも、泣いてばかりはいられない。なんとか、できるだけのことはしなくては。沙良はバッグから、スマートフォンを取り出した。動物病院を出て、震える指で亮也の番号をタップする。

呼び出し音が鳴ったかどうかというタイミングで、電話の向こうから『沙良!?』という声が聞こえた。

「亮也さん！　リクちゃんが死んじゃう……！　お願い、リクちゃんを助けて！　なんでもします……。なんでもしますから、お願いです。リクちゃんを助けて……！」

『沙良？　落ち着いて。今、沙良の実家近くの駅にいるから』

「うちの近くの、駅……？　ほんとに⁉」

驚いたことに、亮也はたった今駅に着いたところだという。

沙良はリクちゃんが犬に噛まれたことを話し、亮也の指示により病院に戻って、獣医師と電話を代わった。

亮也と獣医師はなにか話し、そして一度、通話は終わった。沙良は獣医師からいろいろなものを持たされ、リクちゃんを連れて家に急ぐ。

家に帰り着いて十分ほどあとに、亮也が到着した。

「亮也さん！」

「うん」

刹那見つめ合った二人だったが、すぐにリクちゃんがいる沙良の部屋に急いだ。

集まっていた家族は、途中亮也と短く挨拶を交わし、そのあとはただじっと状況を見守っている。

リクちゃんは亮也によって再度丁寧に診察をされ、消毒を施された。その後、亮也が沙良から電話を受けたあと急いで買ってきたという修理用のパテで甲羅の割れ目を埋める。

「これで一応、治療は終わった。だいたい一ヶ月は抗生物質を投与して、あとは割れた部分がくっつくのを待つだけだ。この傷だと、半年はかかるかもしれない」

ひどい怪我をしたにもかかわらず、リクちゃんは亮也のほうに首を伸ばして目を瞬かせている。

「ありがとうございます。本当に、ありがとうございます……」

沙良は亮也に向かって深々と頭を下げた。それに倣うように、周りの家族も口々にお礼を言う。

「さ、晩ごはんの用意しなくちゃ！　沙良、今日はお手伝いはいいから、藪原先生と一緒にリクちゃんを見ててあげて。先生、なんなら今晩は泊まってってくださいね」

母親はその場にいた家族全員を連れて、沙良の部屋を出ていく。

二人と一匹になった部屋に、沈黙が流れた。

先に口を開いたのは、亮也のほうだ。

「沙良、あきらからだいたいの話は聞いてる。ごめん、沙良をこんな目にあわせて――」

亮也の手が、沙良の肩にかかった。沙良はなにも言えない。急にそんなふうに言われても、なんと答えていいかわからなかった。

「とにかくこれだけは信じてほしい。俺が好きなのは沙良だけだ。ほかに誰もいない。沙良一人だけだ」

亮也の茶褐色の目が、まっすぐに沙良を見つめる。

「亮也さん……」

彼が嘘をついているとは思えない。だけど、あきらから提示された事実が、彼を信じたいと思う気持ちを阻んでいる。

「ひとつひとつ説明する。質問があれば、遠慮なくしてくれていいから」

亮也と向かい合ったまま、沙良はリクちゃんのケージのそばに腰を下ろした。リクちゃんは、お気に入りのタオルに頭をのせて、すやすやと眠っている。

「その前に、確認していいか？　沙良が実家に帰ったのは、こっちで見合いをするため？　そのあと帰ってこなくなったのは、見合い相手と結婚を決めたから？」

亮也の顔には、見たこともない悲痛な色が浮かんでいる。

沙良は根も葉もない言葉に驚いて、思わず腰を浮かせた。

「違います！　誰がお見合いなんか……。そんなの、絶対にしません！」

沙良がそう言い切ると、亮也は張り詰めていた糸が切れたようにがくりと姿勢を崩した。

「……よかった……。もし本当であっても、ぜったいに阻止しようと思ってここに来たんだ」

そして一つ大きく息をついて、話しはじめた。

「前に、あきらは思い込みが激しいって言ったのを覚えてるか？　昔からそうだったから、あきらはそういう性格なんだと思っていた。だから、他人に迷惑をかけなければ別に問題はないと考えていたんだ。だけど――」

　亮也が言うには、あきらは自分と亮也の関係について、沙良に嘘をついていたという。それだけでなく、亮也にも、沙良についていろいろと事実とは違うことを言っていたようだ。

　今回も、沙良が見合いをするために実家に帰った、と言ったらしい。それ以前にも、亮也に時折電話をかけてきては、沙良についておかしなことを言っていたという。

「たとえば、沙良は実は男遊びが激しいだとか、俺の恋人気取りで、あきらに暴言を吐いただとか……。絶対にないようなことばかり言うから、これはちょっとおかしいと思いはじめたんだ。それが、沙良があきらから、俺と三十歳になったら結婚するって聞いたって言っていたちょっと前のことでね」

　あきらの異変に気づいた亮也は、あきらの祖父に連絡をとり、彼女について話し合いの場を持ったという。

「あきらの祖父と俺の父方の祖父が知り合いなのは本当だ。だけど、今回確認したら、やはり親友と呼べるような関係ではなかったし、婚約の事実もない」

　二人の祖父は、一度獣医師会関連の酒の席で同席した。そのときにたまたまお互いの孫の話になり、二人が同じ大学を卒業した獣医師仲間だと知る。そして、年頃も一緒だし、二人を結婚させてはどうかという話をした。しかし、あくまでも酒席でのことで、それ以降話をすることもなかったという。

「俺とあきらのお爺さんは、以前あるセミナーで顔を合わせたことがある。そこには、あきらも来ていて、その後の食事会で三人で同じテーブルに座ったんだけど――」

ちょうどそのとき、ケージのなかでリクちゃんがごそごそと音を立てた。

「うん？　どうした、リクちゃん」

亮也が声をかけると、リクちゃんはタオルに頭をのせたまま大きく口を開けた。そして、すぐにまた口を閉じて、眠りにつく。

「ふふっ、リクちゃんったら、寝ぼけてるの？」

沙良はリクちゃんのケージに触れ、口元をほころばせる。リクちゃんのおかげで、その場の空気が少し和んだ。亮也はリクちゃんに「あとでね」と笑いかけ、また話しはじめる。

「そのときだよ、あきらのお爺さんから、俺とあきらの結婚の話を聞いたのは。だけど、あきらのお爺さんは、完全に冗談として話していたし、俺も笑って受け流した。だけど、どういうわけか、あきらは俺との結婚話が本当だと思い込んだんだ。そして、頭のなかで勝手に話を作り上げていたらしい」

さらにいろいろ調べて、あきらが現在精神的に不安定な状態になっていることがわかったという。沙良が見せられた写真も、あきらの自作自演だったようだ。

「あきらはその後、彼女のお爺さんに、俺と婚約したって話していたらしい。お爺さんは、それをすっかり信じ込んでいたみたいで、俺の話を聞いて驚いていたよ」

亮也との間の見えない壁が、少しずつ崩れていく。沙良と亮也の距離が徐々に縮まり、目の色の微妙な色合いまではっきりと見えるところまで近づいた。

「本当ならもっと早く来たかったんだが、患畜を放ってくるわけにはいかなくて。それで今日になってしまったんだ。本当に、ごめん……。でも、どうあっても沙良をほかの奴に渡すつもりなんかぜったいになかったから」

「……患畜を放ってなんかおけないです。放っておくなんて、亮也さんがするわけない……。そんなこと、亮也さんがしないのは十分わかってます。……だから、謝らないでください」

沙良は自分から、亮也の腕に飛び込んだ。

あきらは、以前クリニックの留守番を頼まれたとき、こっそり合鍵を作っていたらしい。そして驚いたことに、亮也の留守中に家に入り、ベッドルームなどに盗聴器まで仕掛けていたそうだ。

それで、あきらは沙良と亮也の関係を知ったのだ。

「まさか、あきらがこれほど深刻な事態に陥っているとは思わなかった。彼女、空港で出張帰りの俺の前に突然あらわれてね。そして沙良のことをあれこれと言ったあと、自分たちはいつ結婚するんだって言ってきたんだ。なんのことだと聞いたら、急に意識を失ってね」

亮也はすぐに救急車を呼び、あきらの家族にも連絡をした。あきらはそのまま入院することになり、今はまだ様子を見ている段階らしい。

あきらの絶対的な自信は、願望と妄想が入りまじった虚構にすぎなかった。けれど、彼女はいつしか、それが本当だと思い込んでいたのだ。

彼女がどうしてそこまで亮也に固執したのか……

きっとあきらは、それほど亮也のことを想っていたのだ。けれど、現実は望むようにならない。その結果、彼女はゆがんでいったのだろう。

沙良は亮也の胸のなかで大きく息を吸い込み、彼のシャツにそっと頬を擦り寄せる。

そして、会わなかった七日間に自分がどんなに亮也を恋しがっていたか、思い知った。

（あぁ、これだ……。優しくて深い、包み込むような亮也さんの匂い……）

忘れよう諦めようと頑張ってきたけれど、彼を想う気持ちはそう簡単に消えなかった。

それほど亮也は、沙良のなかに深く刻まれていたのだ。

＊＊＊

五月になり、街を行く社会人一年生たちも、幾分こなれた感じを見せるようになっている。

沙良は亮也のバックアップのもと、引き続きクリニックで働きながら、動物看護師を目指すことになった。

土曜日の夜である今、二人はベッドに並んで座り、スマートフォンの写真を見ていた。そこに映っているのは、以前沙良が名づけ親になった「薮原ブラッキー」だ。

保護施設でもらい手を待っているブラッキーだが、抱っこしようとする人にもれなく噛みつき、大暴れするらしい。当然もらい手はなかなか見つからず、いまだ施設で暮らしている。

「あれだけ人間嫌いになっているってことは、捨て猫だったころに相当嫌なことをされたんだと思う。はまってたっていう溝を見にいってみたけど、ちょっと特殊な構造になっていてね。子猫が自力でいけるような場所じゃなかった」

「えっ……。ってことは、誰かにそこまで連れていかれたってことですか？」

「たぶん故意に落とされたんだと思う。そうでなきゃ、あんな傷は負わないだろう」

「……そんなことって……」

あまりのことに、沙良は言葉を失った。

いたいけな子猫に、なんというひどい仕打ちをするのだろう。動物は人間のおもちゃではない。

小さくたって精一杯生きているし、同じ尊(とうと)い命だ。

沙良は画面に映るブラッキーの顔を撫でた。何度となく威嚇(いかく)され、結局一度もおとなしく抱っこされることはなかったけれど、なぜかとても愛おしく感じる。退院するときは寂しくて涙がこぼれそうになったほどだ。

(ブラッキー、今ごろどうしてるかな……)

もしかして施設や仲間たちになじめず、一人ぼっちで怯(おび)えているのではないだろうか。

この先誰も引き取り手がないとすれば？

そう思うと、沙良はいてもたってもいられない気持ちになる。

(私が引き取るっていうのはどうかな？　でも、そんなこと勝手に決められない……)

亮也はペットを飼わない。

以前中村から聞いた話によれば、常に患畜(かんちく)を最優先にしたいという気持ちかららしい。

ただでさえ亮也には世話をかけてばかりいる沙良だ。

それに、すでにリクちゃんがいる。その上ブラッキーまで飼うとなると、彼に多少なりとも迷惑がかかるかもしれなかった。

沙良が思い悩んでいると、亮也がブラッキーの画像に指を置いた。

「ブラッキー、うちで引き取ろうか」

思いがけない言葉に、沙良は目を瞬かせた。

「ほ……ほんとですか？」

「うん。『薮原ブラッキー』って名づけられた時点で、うちの子に決まっていたようなもんだしな」

亮也が笑う。

彼は本気でブラッキーを引き取ると言ってくれているのだ。

「でも、亮也さんはペットを飼わないって聞いてました」

「うん、これまではね。だけど今は沙良もリクちゃんもいるし、あと一匹くらい増えても平気かなって思って」

亮也がいたずらっぽく笑う。

「え？　それって私までペット扱い……」

多少引っかかる部分はあるけれど、そんなことはどうでもいい。

「ブラッキー！　よかったね、また亮也さんに会えるよ！」

沙良は嬉しくなって、スマートフォンの画面に向けて話しかけた。

実は病院に連れてこられた当初、ブラッキーは隙あらば、亮也にも噛みつこうとしていた。しかし、亮也の目力には勝てず、彼に対してだけは従順で大人しい患畜になっていたのだ。

「そうと決まれば、さっそく明日朝イチで電話を入れないとな。タッチの差でどこかに引き取られた、なんてことになったら泣くに泣けないだろ？」

そう言って笑う亮也に、沙良も頷く。

「ほんと、泣くに泣けないかも――」

言いながら、なぜかふいに目の奥が熱くなった。

「ん？　ちょっ……沙良、どうした？」

驚いた亮也が、指で沙良の頬をこする。

「え？　あれっ……。ど、どうしたんだろ、私……。あれっ……？」

話している間も、涙がぽろぽろとこぼれ落ちている。

自分でも不思議だった。なんの前触れもなく、いきなり泣き出してしまうなんて――

「ほんと、なんなんだろ……」

そんな自分がおかしくて、沙良は小さく笑い声を上げた。

「大丈夫か？　見たところ悲しいから泣いてるって顔じゃないみたいだけど――」

亮也が沙良を抱き寄せて、涙を拭いてくれる。

「あ。そ……そう、それです！」

沙良は一人頷きながら亮也を見た。

「私、今、嬉しくて泣いちゃってるみたいです。泣くくらい嬉しくて、胸が熱くなって……。

なんだか、すごく感動して……。ふふっ、私ったら変ですよね……」

　恥ずかしくて頬を赤らめていると、亮也が沙良の顔を掌で包み込んだ。

「いや、ちっとも変じゃないよ」

「え……」

　唇が重なり、身体が包まれる。

　いつになく優しいキスに、沙良はいっそう胸が熱くなるのを感じた。けれど小さくしゃくりあげたせいで、唇が離れてしまう。

　まだキスを続けたくて、あわてて唇を突き出した。まるで、タコみたいだ。

　沙良は咄嗟に下を向いて、自分の変顔を誤魔化す。だが、しっかり見られていたようで、亮也の含み笑いが聞こえた。

　子供っぽい自分にうんざりする。それでも、亮也とこうしていられる今が、なによりも幸せだと感じていた。

「沙良の今の気持ち、もしかして俺と同じかもな」

　亮也の呟きが聞こえ、沙良は顔を上げた。

「亮也さんと同じって……？」

「うん――」

　間近で見る亮也の目は、これまで見たこともないほど深みのある琥珀色に変わっている。その色が震えるほど綺麗で、沙良は思わず瞬きも忘れ亮也の目を見つめた。

「俺は、自分がこれほど誰かのことを好きになるとは思っていなかった。一人で生きていて、別にそれで困ることはないし、むしろ気楽でいい、なんて考えていたんだ」

沙良が見つめているなか、亮也が小さく笑う。

「だけど沙良に会って、いろいろと変わった。今の俺は、沙良のことが好きでたまらない。その気持ちは自分でも抑えきれないほど強くて——正直、笑っちゃうくらいなんだ。俺は今、幸せすぎて困ってる。沙良が、こうして俺のそばにいて、お互いに想い合っていることが最高に嬉しい。もし俺が女性なら、やっぱり泣きながら笑っているんじゃないかと思う」

亮也の顔には、穏やかな微笑が浮かんでいる。

「り……っ……」

沙良の目から、新しく大粒の涙がこぼれた。声を出そうとする喉が熱くなり、いくら瞬きをしてもいっこうに視界が晴れない。

「りょう……やさんっ……」

泣いているせいで、出した声はひどい鼻声だった。

亮也の舌が、沙良の頬をなぞる。

「うーん、嬉しいときの涙は甘いって聞いたことあるけど、本当かもな。沙良の涙、甘く感じる。……ってことは、やっぱり沙良も俺と同じように――」

涙をとめどなく流しながら、沙良は亮也の首にすがりついた。

そして、小さく首を縦に振って自分も同じ気持ちであることを伝えようとする。本当は、ちゃんと言葉にして伝えたかったけれど、涙が邪魔をしてうまくしゃべることができない。

「……うぐ……っ、ううっ……」

嗚咽は止まらない。

せっかくの甘いひとときなのに、さっきから涙と鼻水で台無しにしている。

落ち込んで下を向いていると、亮也がティッシュペーパーの箱を丸ごと手渡してくれた。

「好きなだけ泣いていいよ」

亮也の優しい声に、沙良はようやく落ち着く。鼻をかみ目をこすると、やっと目の前が見えるようになった。

「平気か？　あんまりこすったら目がよけい腫れるぞ」

「はい……」

案の定、瞬きをする目蓋が重い。きっとものすごく腫れているだろう。顔も、思いっきり不細工になっているに違いない。

沙良は亮也の腕のなかで、小さく縮こまった。

亮也の手が、沙良の身体を膝の上に抱え上げる。

沙良は顔だけは見られまいと、いっそう身体を丸めた。

「――で、自分から抱きついてきたってことは、沙良も俺と同じ気持ちでいてくれるってことでいいか？」

「は、はいっ……！」

沙良は下を向いたままで返事をした。

それだけは、はっきりしている。

亮也が言った一言一句、すべて自分の気持ちと合致していた。だからこそ、嬉しすぎて涙と鼻水でぐしゃぐしゃになっているのだ。

「よかった。ほら、いい加減顔を見せて――」

かたくなにうつむく沙良の顔を、亮也の掌がそっと上向かせる。

「わっ……！　み、見ないでください！　私、今すごく変な顔だし――、んっ……」

唇をキスで塞がれ、ベッドの上に仰向けにされた。

亮也の身体が、沙良の上にゆったりと覆い被さる。

「まったく……どこまで可愛いんだろうな、俺の彼女は……」

先日買ったばかりのおそろいのパジャマの前がはだけ、花模様の下着があらわになる。

「ん？　……ふぅん、今夜は下着まで可愛いんだな」

「……えっ……、こっ、これはお店の人に勧められて……」

今着ているのは、淡いピンク色のベビードールだ。それは、同じ柄のショーツとセットになっていて、薄いシフォン生地でできている。これまで使ってきた三枚千円のショーツはお手軽で穿きやすいけれど、いくらなんでも色気がなさすぎたと反省したのだ。

「へえ……、すごく柔らかい生地でできてるんだな……。胸のところがふわふわしてる」

「あっ……ん、っ……！」

乳房をそっと掴まれ、ゆっくりとこねるように揉まれた。亮也の指先が薄い生地を押し下げ、淡いピンク色の乳暈を露出させる。

あと少しで胸の先が見えてしまう――

そんな状態になった沙良を、亮也がじっと凝視していた。ベビードールの生地は、かろうじて先端に引っかかっている。

見ると、亮也の顔に獰猛な捕食動物の微笑が浮かんでいた。

「……あっ……ん……」

呼吸で胸が上下するたびに生地がこすれ、胸の先が徐々に硬くなっていくのがわかった。

「このリボン……、もしかしてこれを解くと簡単に脱げちゃうってことかな？」

「そ……う、みたいです……」

なにせ、ショップイチオシのベビードールだ。ショーツの腰の部分も同じだ。胸元のリボンひとつで着脱ができるようになっている。店の人曰く、これを着れば彼氏が大喜びするらしい。

だけど、はたして亮也はどうだろう？　ほかのときならまだしも、目蓋は腫れているしベッド脇のゴミ箱がティッシュでいっぱいになるほど鼻をかんだ後だ。

沙良の心配をよそに、亮也はさっきから微動だにしない。

完全に着る日を間違えた――

そう思ったとき、亮也がいつになく低い声で呟いた。

「……今夜の沙良は、俺を煽りすぎだ」

「ご、ごめんなさい！　私、そんなつもりじゃ――」

言い終わる前に亮也はベビードールのリボンを解き、そのまま胸の先を食んだ。まるで咀嚼するように口を動かし、沙良の身体に甘い衝撃が走る。

「あんっ！　りょ……やさんっ……、あぁっ！」

こらえきれず、嬌声を上げた。

乳房から唇を離し上体を起こした亮也が、上から沙良を見下ろしてくる。彼の視線が、沙良の全身の肌を這い回った。

「俺の前でそんな格好をして……。沙良は、いつの間にそんないけない子になったのかな？」

亮也は着ているものをゆっくりと脱ぎ捨て、取り出した避妊具の袋を犬歯で嚙み切った。

膝立ちになっている姿が、まるで男神みたいだ。

そんな亮也を見ているだけで、脳みそが茹ってくる。全身が熱く火照り、下腹の奥がひくひくと蠢きだした。

「今の沙良は、診察台にのった患畜と同じだ。今夜は、もう俺から逃げられないから、そのつもりで」

亮也は沙良の喉元に口づけ、そこをやんわりと甘嚙みする。

「すごくドキドキしてるね」

亮也は唇で脈を測ったようで、沙良は小さく喘いだ。

捕食される者と、捕食する者。その甘やかな関係に、全身が熱く痺れる。

「沙良、どれくらい濡れているか自分で確認してみる？」

亮也の手に導かれ、指をショーツのなかに入れた。指先が柔毛を通りすぎて、花芽の上をかすめる。

「ひゃっ……ん」

指が蜜でぬめり、一気に蜜窟の縁に辿りついた。

「なかに入れてごらん」

亮也の声は魔法のように、沙良を従順にする。言われたとおり蜜窟に指を入れると、途端に全身が粟立って頬が焼けた。

「ぁ……んっ！」

「指、何本入ってる？」

「……い……いっぽん……です」

「ふうん……、それじゃ物足りないな。もう一本、増やそう」

「えっ？　ん、ぁっ……」

再び導かれ、入れている中指に薬指を添えた。

蜜窟の入り口がキュンと窄まり、自分の指をきつく締めつける。

「ちょっと動かしてみようか」

添えられた亮也の指に押されて、二本の指が抽送をはじめた。

聞こえてくる水音が耳の奥に響く。

「つく……、んっ……ん……、あんっ！」

こらえきれず声を上げると、その唇にやんわりと噛みつかれる。蜜窟の奥が熱く潤うのを感じた。

「沙良、すごくセクシーだよ。たまらないな、その声……」

もう片方の手を取られ、指を花芽の上に置かれる。

亮也に操られた指が、花芽の包皮を剥いてなかを露出させた。蜜に濡れた花芯を、指がトントンとつつく。

「沙良のここ、小さなバラの蕾みたいに綺麗だって知ってた？」

「し……知ら……、ゃんっ！　あっ……亮也さ……ん、ああんっ！」

目蓋の裏に、きらきらと星が散った。息が乱れ、目の前が霞んでくる。

自分でこんなことをするなんて、恥ずかしくてたまらない。けれど止めようとするたび、キスで懐柔されて、指を離すことができない。蜜窟から、いっそう蜜が溢れる。

どうしていいかわからず、沙良はただ喘ぎながら、亮也の言いなりになるしかなかった。

「沙良、すごく可愛いよ。泣き腫らした顔が、また……。もう、我慢できない」

亮也は沙良のなかから指を抜くと、両脚をさらに広げさせた。そして、蜜窟に自身の屹立をあてがい、一気に奥まで分け入ってくる。

「ああああっ！　あ……ぁ……っ！」

たちまち全身が蕩け、胸元まで熱い塊が押し寄せてきたように感じた。早々にはじまる抽送に刺激されて、蜜窟がひくひくと震える。

「沙良……ほんと、可愛い」

ただでさえ火照っている身体が、亮也に褒められていっそう熱く震えた。硬く張り詰めた括れが、沙良の隘路を淫らに行き来する。

腰を前後に揺らめかせながら、亮也が花芯へ手を伸ばし愛撫をはじめた。

「あ……、いゃ……あっ、そこ……、そんなふうにしないでっ……」

今にも達してしまいそうになり、沙良は必死になって哀願する。

けれど、それがかえって亮也を刺激したみたいだ。

「そこ？　そこってどのこと？」

亮也の低い声が、沙良の頬をチリチリと焼く。にっこりと微笑んだ彼の顔は、たまらなく魅力的だ。

「……い、言えませんっ、そんなの……」

沙良は息を荒くして身をよじった。亮也のもう片方の手が、沙良の乳房の先を摘まむ。

「そうか。じゃあ、お願いは聞いてあげられないな」

亮也の指が沙良の花芽を押しつぶし、掌が乳房をこねるように揉み込んでくる。

「やっ……、ふぁ……っ、あ、あああっ！」

今までにないほど淫らな行為に、沙良は戸惑いながら酔いしれた。

亮也が沙良の両脚を、高く掲げる。蜜にまみれた秘裂が、亮也の屹立を根元まで呑み込んでいるのが見えた。

目の前で深く浅く突かれて、意識が朦朧とする。

近づいてきた肩にすがりついた途端、頭のなかに銀色の閃光が走り抜けた。

彼のものが引き抜かれ、大きな掌が、沙良の頭をそっと撫でる。ようやく呼吸が落ち着いたころ、亮也が沙良の唇に軽くキスをした。

「沙良、後ろ向いて」

背中を抱き上げられ、言われるままにうつぶせになり、それから四つん這いの姿勢になる。

亮也の視線が気になり、腰を少しだけ落とした。すると、即座にもとの位置に戻されてしまう。

亮也が両手で双臀を丁寧にこね、左の尻肉に音を立ててキスをする。

「ぁ、んっ……。り、亮也さんっ……」

身体がびくりと震え、唇から吐息がこぼれ落ちた。そこを繰り返し甘く噛まれて、膝がくずおれそうになる。

前に逃げようとするのに、すぐに引き戻される。

そして四つん這いになった上体に亮也が後ろからのし掛かり、沙良の両脚を長い脚でしっかりと挟んだ。

「逃げちゃダメだ。せっかくだから大型犬の保定について講義してやろうか？　沙良、今ちょうど勉強中だったもんな。ほら、こんな感じで――」

亮也の手に誘導され、沙良は胸の前で腕組みをした。そのままゆっくりと肘をつき、腰を高く掲げる。

「え？　……や、ぁんっ！」

無防備すぎる格好に、沙良の全身が羞恥にまみれる。

「こっ……こんな保定のしかた、見たことありません！　いったいどんな動物の保定法なんですか、これっ……」

腰を両手で掴まれ、双臀を指先でやんわりとくすぐられる。

「これは、沙良の保定法だよ。こうしていると沙良の可愛いところが全部見える。それを見られていると思うと――、どうだ？　身動きが取れなくなるだろう？」

亮也の右手が、沙良の右の太ももの裏をゆっくりと揉み込む。少しずつ上に上がっていく彼の指が、沙良の蜜窟の縁に触れた。

「あんっ……！　あ、あ、あぁっ……！」

亮也の指が、沙良の蜜窟に沈んだ。角度をつけた指でなかをかかれ、背中が弓のようになる。

「いやっ……やん！」

嬌声が止まらない。

「沙良、この保定法気に入った？」

後ろからそっと耳打ちされ、沙良は唇を噛みしめる。

「返事しないと、もう終わりにするよ」

そう言われ、沙良は口を閉じたまま逡巡する。そして、ようやく消え入るような声で「……気に入りました」と言った。

「いい子だ――」

後ろから聞こえてくる声が、そのまま沙良の背中に降り注ぐキスになった。

彼の屹立が、蜜窟に深々と埋め込まれる。

奥まで届くほどだったが、亮也のその入り方は、とても優しかった。

彼の屹立がゆっくりと滑るように蜜窟を満たし、緩やかな波が打ち寄せるリズムで抽送をはじめる。

「は……ぁ……、りょ……うやさん……。ぁ……っ」

さっきまでとは、まるで違う。

激しくはない。だけど、言葉に尽くせないほど気持ちいい。

ゆっくりと丁寧になかをかかれて、こんこんと蜜があふれ出すのがわかった。

「沙良、もっと腰を突き出してごらん。発情期のメス猫みたいに」

恥ずかしくてたまらないのに、逆らうことができない。

沙良は言われたとおり身体をのけぞらせ、火照る秘所を亮也にゆだねた。

いろいろな角度からなかを突かれ、子猫のように甘えた声がこぼれる。

「すごく感じてるだろ。沙良のなか、ずっとひくついてる」

とんでもなくみだりがましい気分になりながらも、沙良は無意識に腰を動かしていた。

まるで、獣みたいだ。

自分がこんなに大胆になれるとは思わなかった。恥ずかしさよりも、湧き起こる愉悦のほうが遥かに勝っている。

「亮也さん……、あぁっ……、んっ……」

「沙良っ……！」

腰の動きが激しくなる。室内に、肌の触れ合う淫らな音が響いた。

やがて沙良の内奥がびくびくと収縮をはじめる。身体が不随意に痙攣し、目を閉じているのに、視界がぱぁっと明るくなった。

「もう、あっ……ダメっ！」

沙良のなかで、亮也が精を放ったのがわかった。

沙良はシーツを固く握り締め、声にならない叫び声を上げる。強すぎる快楽に呑み込まれて、呼吸をすることもままならない。

「――平気か？」

しばらくして亮也が囁き、沙良を振り向かせて正面から抱き直してくれる。

「はい」

小さく返事をし、沙良は亮也の胸に頬を寄せた。

聞こえてくる心臓の音が力強い。じっと耳を傾けていると、とても安らいだ気持ちになる。

（すごく安心する……）

獰猛な捕食者であると同時に、穏やかで頼りがいのある獣医師でもある亮也だ。

（亮也さんに保定されるなんて、実はすごくスペシャルなことなのかも……。なーんて……）

沙良が心のなかで喜びを噛みしめていると、亮也が視線を合わせてきた。

「ごめん、ちょっと苛めちゃったな」

亮也のすまなそうな声を聞き、沙良は即座に首を横に振った。

「えっ……、あ、大丈夫です！　私、別に苛められたなんて思っていませんし――。い、嫌じゃない、っていうか……、ああいうのもありなのかな～……とか思ったりもするし――」

話しながら、なんだかおかしなことを言っている気がしてきた。

案の定、沙良を見る亮也の顔に、面白がっているような微笑が浮かぶ。

「なるほど……。ふうん、わかった。沙良は俺とする秘密の獣医さんごっこが気に入ったってことだな？」

「そ、そんな、違いま――、ん、んっ……」

沙良の答えを、亮也がキスで封じ込める。

目の前に迫る亮也の目が細くなった。

きっと、なにもかも見透かされている。

沙良は心のなかで、両手を挙げて降参した。

この人には敵わない――

「――やっぱり、違いません」

沙良は一瞬だけ唇を離してそう呟き、亮也の肩に腕を回した。

＊　＊　＊

次の日、朝一番で保護施設に連絡をし、早々にブラッキーを引き取りに行った。

通されたのは「ふれあいルーム」と名づけられた一室。なかには数匹の猫がいて、それぞれの場所でくつろいでいる。

二人が入っていくと、猫たちはいっせいに顔を上げた。しかし、見たところブラッキーの姿がない。沙良は亮也と顔を見合わせ、そろそろと歩を進めた。

「ニャア～」

一歩進むたびに、亮也の足元に猫がまとわりついてくる。亮也が仕方なくソファに腰を下ろすと同時に、猫たちによる「亮也の膝の上争奪戦」がはじまってしまった。

沙良は一人ブラッキーを探し続け、部屋の隅に目を向ける。

見ると、ミント色のタオルが床に落ちており、その真ん中がこんもりと盛り上がっていた。それはブラッキーが入院中に使っていたものだ。彼は、退院するとき、一緒にそれを持っていった。

「……ブラッキー？」

沙良がそっと声をかけると、タオルの下の塊(かたまり)がピクリとする。沙良は塊(かたまり)の前にそっとしゃがみ込んで、もう一度驚かさないように名前を呼んだ。

「薮原ブラッキーくん」

「ニャア」

小さくてよく聞き取れないものの、確かに返事をした。

「ブラッキー？」

「ニャアァ」

塊（かたまり）がもぞもぞと動き出し、タオルごとこちらに近づいてくる。そして、ようやくタオルから抜け出すと、沙良を見上げた。

「ブラッキー！　やっぱりそうだったね」

「シャーッ！」

沙良が手を差し伸べると、ブラッキーは激しく威嚇（いかく）する。

「ブラッキー、もう怖くないよ。今日はブラッキーを迎えに来たの。だから、一緒におうちに帰ろう？」

「シャーッ！」

ブラッキーが突然沙良に向かってきた。差し伸べた手を力いっぱい踏みつけ、しゃがみ込んだ沙良の膝の上に乗って足踏みをはじめる。

「ニャア」

納得のいく場所を見つけたのか、ブラッキーは小さく鳴いてその場で丸くなった。

「ブラッキー……。私のところに来てくれたの？　しかも、自分から？　え……そんなの、はじめてだよ？」

沙良が背中を撫でようとすると、ブラッキーがいきなり噛（か）みついてきた。だけど、痛くはない。もしかして加減して噛（か）んでくれているのだろうか？

「亮也さん――」

沙良が後ろを振り返ると、亮也が微笑んで頷いている。

「クリニックでさんざん噛みついて困らせたのに、ずっと面倒をみてくれたことを覚えているんだろうな」

「ほんとに？　わぁ……ブラッキー……」

沙良が名前を呼ぶと、ブラッキーはまた「ニャア」と小さく返事をする。

そっと背中を撫でると、まだ嫌がる素振りをするものの、やはり本気では噛みつかない。そればかりか、顔を上げて沙良のほうをじっと見つめてくる。

これまで威嚇されてばかりで、寝顔しかじっくり見ることができなかった。はじめて見つめ合うその目は、複数の色が混ざり合ったヘーゼル色だ。

結局、ブラッキーは沙良に抱かれたまま車に乗り込み、自宅リビングでリクちゃんと再会を果たした。

「リクちゃん、この子のこと覚えてる？　入院してたときに左隣の部屋にいたブラッキーだよ。ブラッキーはどうかな？　隣のケージでカリカリ音を立ててたリクちゃんだよ」

ケージのなかにいるリクちゃんは、ブラッキーに興味津々の様子だ。一方のブラッキーは、目を丸くしてリクちゃんを凝視している。

「あっ」

突然、ブラッキーが沙良の手から飛び下り、そろそろと部屋のなかを歩きはじめた。

そして、買ったばかりの爪とぎ用ポールを前に、なにかしら様子を窺っている。

「ブラッキー、まだちょっとビビってるって感じですね」

沙良はソファに座りながら、ブラッキーの様子を見守り続けた。亮也が沙良の隣に来て、肩を抱く。

「そうだな。まるでここにはじめて来たときの沙良みたいだ。だから、きっとすぐに慣れて、ここで幸せに暮らすようになる」

亮也の唇が沙良の口角に触れた。

「そう思わないか？」

沙良を抱く亮也の腕に力がこもる。

「思います。そうなるに決まっていますね」

沙良ははにかんだ顔で微笑んで、亮也の唇に自分からキスをした。

書き下ろし番外編

「野獣な獣医」は終わらない

沙良が亮也と出会ってから、四年の月日が流れた。

季節は秋になり、ここのところ少し肌寒い日が続いている。

時刻は午前三時。

沙良は、ふとベッドの中で目を覚まし、枕元の時計を確認する。

起きるにはまだ早いし、目が開いたはいいが眠くて頭が朦朧（もうろう）としている。けれど、なんだか喉が渇（かわ）いて、このままだと熟睡できそうもない。

沙良は隣で眠る亮也を起こさないように、そっとベッドから離れた。そして、彼の寝顔を見つめ、満面の笑みを浮かべる。

（ふふっ……しあわせだなぁ……）

沙良と亮也は、はじめて顔を合わせた日から、ちょうど三ヶ月後に結婚した。周囲が驚くほどのスピード婚だったが、結婚式にはたくさんの人たちが集まり、誰もが皆夫婦になった二人を心から祝福してくれた。

夫婦は結婚後も引き続きクリニックの上階で暮らしており、沙良はといえば今後新しく国家資格になる予定の「愛玩動物看護師」試験の合格を目指し、勉強中の身だ。

亮也の妻になったからには、できる限り彼の力になりたい。

そんな願いのもと、沙良は「薮原アニマルクリニック」のアシスタントとして働きながらその道の専門学校に通い、卒業後は無事正規スタッフになることができた。

（ぜったいに試験に合格する！　そして、もっと役に立てるようになって、少しでも亮也さんに楽をさせてあげたい）

クリニックは相変わらずの大盛況で、亮也は日夜患畜（かんちく）のために身を粉（こ）にして診療を続けている。そんな彼を見るにつけ、自分の非力さを痛感してしまう。今のままでも勤務はできるが、国家資格を取れば、今までできなかった診療の補助や看護にも携われるようになるのだ。

（――と、その前に元気な赤ちゃんを産むのが先決だよね）

部屋の入口に向かう途中、沙良は壁際に置かれているベビーベッドの前で立ち止まった。そして、もうかなり膨らんできたおなかをさすり、嬉しそうに眉尻を下げる。

結婚後、夫婦は積極的に子作りに励（はげ）んだ。だが、なかなか着床に至らず、毎月生理がくるたびにがっくりと肩を落としたりしていた。

もしかすると、子供がほしいと思うあまり、少し気負いすぎていたのかもしれない。

それが証拠に、いったん力を抜いてみようと話し合ってすぐに妊娠が発覚。以後、つわりや一日中続く眠気に悩まされながらも、どうにか順調に月を重ねて、つい先日五ヶ月目に入った。まだ性別はわからないが、いずれにしても亮也に似て賢くて容姿端麗な赤ちゃんが生まれてきてくれたらいいと思う。

「沙良……？　どうした。具合でも悪くなったのか？」

背後から声をかけられ、沙良はベッドのほうを振り返った。

「ううん、そうじゃないの。ただ、少し喉が渇いただけ」

結婚してからも、しばらくは敬語を使っていた沙良だが、今はもうごく自然に夫婦としての会話ができるようになっている。

「そうか。じゃあ、俺がリビングまでエスコートしてあげるよ」

ベッドから素早く起き上がった亮也が、大股で沙良のほうに近づいてきた。そして、膨らんだおなかに向かって何か話しかけたあと、沙良の腰を抱いてリビングへと歩き出す。

「飲み物は俺が用意するよ。何が飲みたい？　おなかの赤ちゃんがびっくりするから、あまり冷たいものは避けた方がいいかな」

彼は沙良をソファに座らせると、おなかの上に温かなブランケットを掛けてくれた。

「うーん……じゃあ、ホットミルクにしようかな」

「了解」

亮也がキッチンに向かい、ほどなくしてホットミルク入りのマグカップを持って帰ってきた。

「おまたせ。少し温めにしたから、すぐ飲めるよ」

「ありがとう」

沙良は亮也からマグカップを受け取り、ホットミルクをひと口飲む。

「おいしくて、優しい味……」

「当然だ。俺の愛がこもっているからな」

亮也に抱き寄せられ、額にキスをされる。もともと心優しい彼だが、結婚してからいっそう沙良を大事にしてくれるようになった。妊娠中の今、彼はそれまで以上に沙良を気にかけ、はじめて産婦人科を訪れたときはもちろん、検診がある度に同行して、担当のベテラン女医ともすっかり顔見知りになっているくらいだ。

これまで数えきれないほど動物の出産に携わってきた亮也だが、人間の妊娠に関してはずぶの素人であり、あれこれと本を買い込んでは日々知識を深めている。

「そういえば亮也さん、この頃やたらとおなかの赤ちゃんに話しかけているけど、いったいなんて言っているの？」

沙良が訊ねると、亮也が優しい微笑みを浮かべながらおなかをさすってくる。

「『元気かな?』『パパだよ』『いい子にしてるんだよ』って。あとは、『ママみたいな可愛い顔で生まれておいで』とかかな」

「えっ? そんなのダメ! 私に似たら外見も中身もイマイチな子になっちゃう」

「誰がイマイチだって? 俺の奥さんは、世界で一番可愛くて頑張り屋のいい子だぞ」

亮也がわざとのようにしかめっ面をする。

「大人の沙良がこんなに可愛いんだ。沙良に似た赤ちゃんなら、きっと宇宙一可愛いに決まってる。ああ……生まれてくるのが待ち遠しくてたまらないよ。できることなら、もう次の赤ちゃんを作り始めたいくらいだ」

沙良を見る亮也の目が、一瞬獣のそれに変わる。キスを求める唇から、真っ白な犬歯の先が垣間見えた。

「りょ……亮也さんったら、気が早すぎっ」

「だって、この頃の沙良は少しふくよかになったし、前にも増して色っぽくなっただろう? だから――」

唇が重なり、舌先がほんの少しだけ口の中に入ってくる。もうそれだけで身体が熱くなり、身も心も潤んできた。

「色っぽくって……こんなにおなかが出っ張ってるのに?」

「それがたまらなくセクシーだし、妊婦の沙良は格別に綺麗だ。どこもかしこも愛らしいし、沙良のぜんぶが愛おしくて仕方がない。いつにも増してフェロモンを感じるし、今だって沙良を裸にして身体中をかぎ回りたくてうずうずしてるよ」

首筋に鼻先をこすりつけられ、そのまま深く深呼吸をされる。彼の温もりを感じて、沙良の肌に熱いさざ波が立った。

「沙良のおなかの中に俺たちの赤ちゃんがいる……そう考えただけで感動で胸が熱くなるよ。二人だけでも家族だったけど、もう一人家族が増えるなんて嬉しすぎてどうにかなりそうだ。そんな気持ちが性欲に繋がっているんじゃないかな。沙良だって、そうなんじゃないか?」

鎖骨を舌でなぞられ、胸の先がキュンと疼く。

「そ……それは……まあ……そうかも……」

妊娠すると性欲が減退する女性がいる一方で、その逆の人もいるらしい。パートナーの男性もまたしかりだが、幸いなことに沙良も亮也も、この件に関しては見事にマッチしているみたいだ。

妊娠中であるため、体位などいくつか気をつけなければならないことはある。しかし、無理のない範囲でのセックスは問題ないし、スキンシップは夫婦の絆を深め、妊娠中の不安を軽減してくれる素晴らしい行為だ。

「やっぱりな。たぶん、そうなんじゃないかと思ってたよ」

「そうなの？　ぜんぜん気づかなかった……」

亮也曰く、妊娠してからの沙良は、今まで以上に濡れやすく、挿入時の締めつけも強くなっているらしい。しかし、言われてみれば繋がっているときの心身の密着度が通常時よりも高いような気がする。

「俺と沙良は身も心もトロトロに溶け合って、ひとつになってる。家族って、いいな……。沙良、愛してるよ。俺と出会って、結婚してくれてありがとう。心から感謝してるし、改めて一生愛し続けて大切にするって誓うよ」

「私だって同じ気持ちよ——亮也さん、愛してる……。笑っちゃうくらい大好き」

沙良が小さく笑い声を漏らすと、亮也がその唇にキスをする。

「うん。俺も笑っちゃうくらい、沙良のことが大好きだ。じゃあ、そろそろベッドに戻ろうか？　明日は休みだし、せっかくだから一生の想い出に残るようなセックスをしよう」

亮也に促され、沙良は残っていたホットミルクを飲み干した。もうすでに喉の渇きは癒えているし、身体のあちこちがぽかぽかとして気持ちも十分に高まっている。

「はい、亮也さん」

沙良は抱き上げてくる彼の腕の中で、くるりと丸くなった。そして、にっこりと微笑みを浮かべながら、もう一度「しあわせだなぁ」と呟くのだった。

恋愛小説「エタニティブックス」の人気作を漫画化!
Eternity COMICS
専属秘書は極上CEOに囚われる
漫画 水口舞子 Maiko Mizuguchi
原作 有允ひろみ Hiromi Yuuin
君は今日から僕の秘書になってもらう
あッ！
深い……
ちゅっ
手痛い失恋を癒すため、佳乃は南の島へ旅行に。そして…そこで出会った名も知らぬ相手と熱く濃密な一夜を経験する。互いに強く惹かれ合うが、行きずりの恋に未来などない…。そう思った佳乃は黙って彼の前から姿を消してしまう。それから五年。佳乃は転職し、とある企業で秘書として働いていた。そんな彼女の前に、新たなCEOとしてあの夜の彼・敦彦が現れて!?
B6判　定価：704円（10%税込）　ISBN 978-4-434-28510-3
彼の上で淫らに踊らされて…

本書は、2018年3月当社より単行本として刊行されたものに、書き下ろしを加えて文庫化したものです。


この作品に対する皆様のご意見・ご感想をお待ちしております。

おハガキ・お手紙は以下の宛先にお送りください。

【宛先】

〒150-6008 東京都渋谷区恵比寿4-20-3 恵比寿ｶﾞｰﾃﾞﾝﾌﾟﾚｲｽﾀﾜｰ 8F
（株）アルファポリス　書籍感想係

メールフォームでのご意見・ご感想は右のＱＲコードから、
あるいは以下のワードで検索をかけてください。

アルファポリス　書籍の感想

ご感想はこちらから

エタニティ文庫

野獣(やじゅう)な獣医(じゅうい)

有允(ゆういん)ひろみ

2021年8月15日初版発行

文庫編集－熊澤菜々子
編集長－倉持真理
発行者－梶本雄介
発行所－株式会社アルファポリス
〒150-6008 東京都渋谷区恵比寿4-20-3 恵比寿ｶﾞｰﾃﾞﾝﾌﾟﾚｲｽﾀﾜｰ8F
TEL 03-6277-1601（営業）　03-6277-1602（編集）
URL https://www.alphapolis.co.jp/
発売元－株式会社星雲社（共同出版社・流通責任出版社）
〒112-0005 東京都文京区水道1-3-30
TEL 03-3868-3275
装丁イラスト－佐々木りん
装丁デザイン－ansyyqdesign
印刷－中央精版印刷株式会社

価格はカバーに表示されてあります。

落丁乱丁の場合はアルファポリスまでご連絡ください。

送料は小社負担でお取り替えします。


ISBN978-4-434-29250-7 C0193